華《はな》の七十歳

すぎやま博昭

風詠社

《はじめに》

この小説の時代背景は、二〇一七年の一年間だけである。
そして、この小説は、心を込めて八百万人の団塊世代に贈る。

装幀　2DAY

華《はな》の七十歳／目次

四人組

橋本政雄は、二階のベッドで六時に起床した。そして、一階の洗面所で身支度《みじたく》をしてからリビングに向かい、壁に掛けてある真新《まあたら》しい日めくりカレンダーを一枚めくった。

本日は、二〇一七年の元旦である。

橋本は、日本の国旗に畏敬《いけい》の念を抱いていて、国民の祝日には、必ず、自宅の玄関先に国旗を掲揚している。白地に赤い日の丸を描いた日本の国旗は、世界のどの国の国旗よりもシンプルで分かりやすく、誰でも一度見たら忘れられない素晴らしさがある。その白地の部分は神聖と純潔を意味し、赤い円の部分は太陽をモチーフとした活力と博愛を意味していると言われている。

そんな、めでたい日本の国旗なのに、近年、掲揚している光景が全く見受けられなくなった。せいぜい、自衛隊の入隊式のときや、一部の官公庁に限られてしまった。かつては、国民の祝日ともなれば、「旗日《はたび》」と言って、多くの家庭で国旗が掲げられていたのに……。

そもそも、国旗とは、国家を象徴する重要な旗である。その国旗を掲揚しなくなった理由は、全ての国民とは言わないまでも、過去における戦争責任を取り上げて反対する人がいるからである。反対する彼らは、「日の丸」の掲揚のみならず、「君が代」の斉唱をも拒み、更には、その場の起立にも応じず、歪んだ反日左翼《はんにちさよく》の思想を掲げている者たちである。その先導的な組織が、主に日本の教育を牛耳《ぎゅうじ》っている日教組、いわゆる日本教職員組合の面々である。もはや、この日本教職員組合は、日本にとって有害で、日本の敵であるから、日本には必要としない組織と言える。

橋本は決して国粋主義者ではない。だが、日教組の政治厨《せいじちゅう》もどきによる、いまいましい、すり込みの影響によって、幼少で純真無垢な学童たちが、日本の国旗や国歌を忌避するように仕向けられてきた事実に、橋本は怒りを覚えてならない。そのような日教組の反逆行為は、今も続いているため、自国を愛することのできない人々が、大量に生み出されてしまった。全くもって、由々しき事態に陥ってしまった日本に、愛国心を強く抱く橋本にとっては、無念と言わざるを得ない。何せ、戦争で日本国のために忠誠を誓って死んだ若者たちを、冒涜《ぼうとく》するだけのことであるからだ。人間、誰しも愛国心こそ必要であって、象徴すべき日の丸と君が代に反対する国賊の理念や行動には納得できない橋本である。是が非でも、日本国が制定した「国民の祝日に関する法律」の定義を理解した上で、オリンピック競技で優勝したときのように、堂々と日の丸と君が代に誇りと愛着を持ってもらいたいものである。

他方、アメリカ合衆国では、至る所で星条旗が掲げられている。せめて、日本でも国民の祝日くらいは、昔のときのように、国旗を掲揚する習慣になって欲しいものである。

そんな期待を抱きつつ、橋本は朝日を浴びて優雅に、はためく国旗をじっと見つめていた。

しばらくして、隣の奥さんがポストに投函されている朝刊を取るために、玄関から出て来たとき、橋本と顔が合った。

「明けましておめでとうございます。橋本さんのところは、いつも国旗を掲げていますので感心しますわ」

「はい。国旗は国際交流のために、なくてはならない重要なものですから、せめて、国が制定した国民の祝日くらいは、国旗を掲揚するように心がけています」

橋本は自信を持って返答した。

「ご立派な、お考えですね。それでは……」

隣の奥さんは、そういって家の中に入って行った。

今更、隣人から立派と言われても橋本は少しも、うれしくなかった。国旗の掲揚は理の当然と考えているからである。

少し経ってから、橋本の胸ポケットに入れてある携帯電話が鳴った。受信画面を見ると、息子の義男からである。

その義男は、橋本家の一人息子で、八年前に結婚して、現在、愛知県のK市に住んでいる。

「お父さん！　これから新年のあいさつに家族全員でお邪魔します。多分、十時頃には着くと思います」

「分かりました。気を付けて来てください」

橋本政雄は、義男の家族が、早くも元旦から来宅するとの電話連絡に、うれしい気分と、幾分、せわしい気分とが入り交じっていた。何せ、明日《あした》も親戚の者が多数、来宅する予定になっているからである。橋本家はここしばらく、忙しい日々が続きそうである。

やがて、義男夫婦が二人の子供を引き連れて、ミニバンでやって来た。

新年のあいさつは、そこそこに、義男のミニバンに、政雄と細君の慶子が同乗して、熱《あっ》田《た》神宮へ初詣に出掛けることになった。総勢六人である。

実のところ、政雄夫婦は長いあいだ、不仲の関係にある。かと言って、大げんかをする訳でもないが、お互い意思の疎通が不足していて、冷え込んだ状態が続いている。要するに、性格の不一致が災いしているのである。そのため、家庭内では必要最小限の会話しか交わしていないが、夫婦としての体裁だけは、何とか保っている。いわゆる「仮面夫婦」である。されど、仮面夫婦であっても、せっかく訪問してくれた義男家族の手前、車の中で、ずっと無言ではいられない。そのため、二人は、二歳と四歳の孫を相手におしゃべりして、ほかならぬ自分たちの気を紛らすしかなかったのである。

そんな政雄と慶子の不仲を承知している義男は、二人の関係に深入りするのは禁物と決め込んでいて、「我、関知せず」を貫き通している。それこそ、夫婦間のもめごとは夫婦間で解決すべきであると、達観しているのである。ただ、義男は己が自立するまで生みの親に温かく育ててもらった恩義に報いるために、こうして毎年、実家を訪問して、一緒に初詣に出掛けるように心がけているのである。

これによって、義男は、初詣という苦肉の策を講じることで、両親が健全な夫婦関係に戻って欲しいとの願いが、それとなく窺える。まこと、義男は、親孝行な息子である。

この義男のおかげで、政雄は、毎年、慶子と二人きりで初詣に行く煩わしさが回避できるため、親でありながら息子に感謝する立場になっている。

ところで、熱田神宮は、三種の神器の一つである「鏡」でもなければ、「曲玉」でもなく、「草薙剣」がご神体として祀られている有名な神宮である。

その熱田神宮の近くにある駐車場に車を入庫してから、政雄たちは徒歩で神宮に向かった。数分で到着した鳥居の前で一礼してくぐったものの、そこから先の参道は、参拝者で、ひどく混雑していた。本来、参道は、真ん中を神様が通ると言い伝えられているので、政雄たちは参道の端を歩かなければならないのだが、正月のため、そのような余裕はなかった。

そんな状況の中、一行は、巨大な「佐久間燈籠」を右に見て、その先にある手水舎で手と口を清めた。そこからまた先に進んで、土塀の上に瓦が載せられた「信長塀」を通り抜けて、やっと本宮に到達することが出来た。そこでの参拝は、正月のため、非常に混雑していることから、通常の賽銭箱には賽銭を入れられないため、臨時に設けられた広い賽銭場所に納めるようになっていた。政雄は、二人の孫に、賽銭を無造作に投げ入れるのではなく、優しく入れることを教えるために、人込みの中、一番前まで連れて行って正しく行わせた。そして、二礼二拍手一礼の正しい作法も教えて、参拝を済ませた。

それから、政雄たちは、おみくじを引くために、授与所に向かったのであるが、ここも激しく混雑していた。それでも、何とか、おみくじを引くことができたのであるが、聞くところによると、この熱田神宮のおみくじは、「凶」が一切入っていないとのことである。そのためであろうか、義男一人だけが「大吉」を引いて、ほかの五人は、皆、「小吉」であった。

そもそも、おみくじは神様からのメッセージである。その大切な、おみくじを境内の木々などに結んで祈願するのではなくて、己を戒める意味で、毎年、全員が、持ち帰るようにしている。

そのあと、政雄たちは、名古屋名物の「ひつまぶし」を食べるつもりでいたのだが、この元旦、どこへ行っても混雑しているのは分かっていたし、小さな子供は疲れ切っている様子だったので、まっすぐ政雄の自宅に帰ることになった。

そして、自宅に戻ったのは、午後二時であった。

早速、義男たちとの団らんの場が、応接間に設けられ、テーブルの上には、慶子がこしらえた、おせち料理が、所狭《ところせま》しと、並んだ。しかも、孫のために、ケーキやフルーツまでも用意されていた。いかに、政雄夫婦が不仲とはいえ、このように正月料理を手作りしてくれた慶子の懇情には、素直に感謝しなければならないと、政雄は思った。

ともあれ、政雄は、団らんの場で二人の孫に、お年玉の代わりに玩具を与えて一緒に遊んであげた。また、息子夫婦とも親子水入らずで、会話が続いた。その会話の中で、義男の嫁の実家が、広島県のH市にあることから、簡単には新年のあいさつに行けないため、この五月のゴールデンウイークに、全員で遊びに行くという。ここ三年ほど、ご無沙汰しているとのことであるから、きっと、先方の両親は二人の孫を抱いて喜ぶことであろう。

このように、皆で和気あいあいと談笑している内に、あっという間に時間が経過していた。それに、義男の子供たちは、好きな食べ物を、ほおばって満腹になったせいか、睡魔に襲われていた。そのため、義男一家は、酒を飲んでいない細君の運転で、K市の自宅に帰ることになった。その帰宅が決まったときの政雄は、ことさら義男の家族との別れが名残惜しくて、簡単には思い切れなかった。

「おじいちゃん、おばあちゃん、さようなら」

目を覚ました年上の長男が、ミニバンの窓から、けなげに手を振って別れを告げた。政雄と慶子も手を振って別れを惜しんだ。

とうとう、義男の家族が帰ってしまったあとの橋本家は、いつもの静けさが戻っていた。

◇

義男一家の久方ぶりの訪問で、うれしさのあまり、お神酒を飲み過ぎていた橋本政雄は、隣の和室で身体を休めながら庭木を眺めていると、慶子が、つい先ほど配達されたと思われる年賀状を差し出してくれた。その年賀状の束《たば》の中には、長く交際を続けている親友の上田次郎、杉田真治、小林利夫の三人からも届いていた。三人とも橋本と同《おな》い年《どし》で、一九四七年の生まれである。

さて、橋本には、きょうまでその三人との良き思い出がたくさんある。それをここで書いて置かなければ、彼がこの世を去ったときに、知られないまま消え去ってしまうので、これから紹介しておこう。

はるか昔のことである。橋本は高校の卒業名簿で親友の誕生日を調べたことがあった。杉田真治が四月十一日生まれで、小林利夫が五月五日、上田次郎が九月二十六日であった。そして、橋本政雄が九月十六日の生まれである。勿論、全員が戦争を知らない世代である。

その戦後間《ま》もない時期に、日本の子供たちが産まれた場所といえば、今どき行われているような病院での誕生ではなくて、ほとんどの子供が「産婆」によって実家で誕生している。御多分《ごたぶん》に漏れず、橋本も産婆の世話になって実家で誕生しているし、聞けば、三人の親友たちも同じであった。

また、橋本たちが誕生した頃の日本は、毎日の食事ですら満足に食べられない極貧の状態におかれた時代であった。そんな中、よくぞ、親が橋本を守り育ててくれたものだと、感謝に堪えないものがある。

ところで、橋本たち四人は、この二〇一七年に節目の七十歳になる。長寿の祝いの中で、六十歳の「還暦《かんれき》」だけは満年齢になっているが、七十歳の「古希《こき》」や、七十七歳の「喜《き》寿《じゅ》」、八十八歳の「米寿《べいじゅ》」などの祝い事は、全て、数え年とされている。従って、橋本たち四人は、去年の二〇一六年一月一日時点で、七十歳の古希を迎えたことになる。

振り返って、橋本らが生まれた一九四七年から一九四九年までの三年間に、およそ八百万人もの子供が誕生しているという。これは、まれにみる人数の多さから、その八百万人を「団塊の世代」と、作家の堺屋太一《さかいやたいち》氏が名付けている。

その後《ご》、国は、「団塊の世代」の「の」を削除して「団塊世代」と呼ぶように語源を変更して使用しているが、この団塊世代こそ、実に多くの苦難を強いられてきた世代であることに間違いなかろう。

何しろ、橋本たちが義務教育を受けていた当時は、都市部の学校では一学年に二桁《ふたけた》の教室があっても、さして珍しくなかったし、一つの教室に五十人余りが、すし詰め状態の中で勉強させられたものである。

それも、常に受験戦争や就職戦争と言われる、ありとあらゆる競争を余儀なくされていて、苦難の多き世代であった。それだけではない。実は、日本経済の発展に貢献するために、「企業戦士」とか「猛烈社員」とか言われて、それこそ、身を粉にして働き続けてきた世代でもある。

それなのに、一部の上級職を除いた多くの団塊世代は、バブル経済の崩壊と共に、転職やらリストラやらを執拗に責められたし、同時に賃金も下落する状況の中で、十分な貯えさえ築く余裕が無かったのである。

それどころか、橋本たちが定年退職した時期には、日本年金機構が、基金不足を理由に、年金改革の必要性を訴えていた時期でもあった。そのことから、年金の給付額の削減やら、支給開始時期の先送りなどが実施されて、団塊世代は幾つもの悲哀を味わってきた。

しかも、年老いた親の介護や、なかなか自立できない己の子供に、資金援助しなければならない人も多くいて、定年退職後も、やむなく働き続けている。

これら、苦しい立場の団塊世代に、悲しいかな、追い打ちをかけるかのように、「ワーキングプア」という現実にも直面している。

更に、この先、団塊世代を中心にして日本の高齢化が進む事態になると、介護や医療などの面で、さまざまな課題が発生するとのことで、一番に問題視されるのが団塊世代である。

かくも、時代の変遷には、時《とき》に残酷な現実を人々に突きつけてしまうようである。その最大の被害者は、誰が何を隠そう、日本の経済成長を引っ張ってきた団塊世代である。それなのに、もはや団塊世代は日本社会の厄介者になってしまったようだ。当の橋本たちも、実に悲観せざるを得ない状況下に置かれている。

だが、団塊世代を群像に例えるとするならば、日本国が彼らの底力によって再生された事実を、万人は忘れてはならないだろう。

◇

さて、橋本政雄の親友である上田次郎は、高校時代にバッテリーを組んでいた仲間である。ピッチャーが橋本でキャッチャーが上田であった。キャッチャーのことを、よく「女房役」というが、そのとおりであって、女房役の上田は、ピッチャーの橋本を、なだめたり褒めたりして、うまくリードしてくれたものである。そして、チームの勝利のために、二人は一心同体となって三年間、頑張り続けた仲である。従って、二人の青春時代の絆は、想像以上に深く熱いものがあって、高校を卒業してから現在に至るまで、懇意な関係が長く続いている。

その上田は、橋本との野球のよしみで、同じ鉄道会社の就職を目指そうとしていたが、美術学部の卒業生であったことから、仕方なく広告の関連会社に就職したのである。それから十年ほどの勤務で、仕事のノウハウを修得したこともあって、潔く退職して地元の名古屋市に広告宣伝会社を立ち上げたのである。その勇気ある決断力と行動力に、橋本は感心するところである。

ちなみに、その仕事内容を上田に聞くと、新聞や雑誌への宣伝広告のほかに、チラシの作成などを手掛けているそうだ。従業員は少人数の小さな会社であるが、経営状態は安定しているという。

ところで話は変わって、上田は女性演歌歌手の大ファンである。それをよく知っている高校時代の級友たちは、二年ごとに行われる同窓会の宴席で、上田に女性演歌歌手の曲目をリクエストするのが恒例になっている。それだけ、上田は若いときから、女性には優しくて世話好きで、何をするにしても行動が早く、しかも明朗快活に接していたからである。いわゆる、女性には物おじしないで、本能のままに突き進むタイプの男であった。

それればかりでない。上田は宴席の場で大酒を食らっても、冷静さを欠くことが無く、皆から酒豪と認められているほどの頼もしい人物である。

「俺は、うまいものを食べて、うまい酒を飲んで、あとは、いびきをかいて、ぐっすり眠るだけさ！」

と、このように言う上田である。

その彼が、六十五歳のときに、自宅を慰謝料代わりにして離婚しているのである。このところ日本で増え続けている熟年夫婦の離婚組に当てはまることになる。

実際、橋本が上田の離婚した事情を耳にしたところでは、彼のギャンブルぐせと浮気が原因で、離婚せざるを得なかったようだ。

それにもかかわらず、彼は自分の非を棚に上げて、こう美化して言い張る。

「男が好むのは、危険と遊びだ！　危険は、ギャンブルの中にロマンを追求する喜びがある。遊びは、女を崇拝して人類が滅亡しないための協力手段につながっているのだ！」

転じて、上田はこうも言う。

「結婚したあとに、女の秘密や欠点を知ってしまうと、俺は我慢できないのだ！　加えて、老女になって、しかも年下の女房が俺の言うことを聞かないのは、悪妻の何ものでもない！　しょせん、女は女らしく、妻は妻らしくしていなければならないのだ！」

女性崇拝者のくせに、いったん女性が嫌いになると、元に戻れない上田である。しかも、離婚で自宅を手放してしまったことで、やむなく息子の上田健二宅に転がり込んでから、早五年が経過している。

更に、上田は、こう曰く。

「世間では何度も離婚する奴がいるが、俺はたった一度だけだし、しかも、円満に離婚が成立したのだから、称賛に値するはずだ！」

と言っているが、橋本には、やせ我慢にしか聞こえてこない。

しかも、驚くことに上田は、離婚したあとに、かつて、結婚披露宴に出席してくれた人や、ご祝儀を出してくれた人たちに、離婚のあいさつ状を出している。これは、彼の主義主張によるものであるが、結婚披露も離婚報告も儀礼の一つとして、同等に扱うべきとの考えから出ているようだ。よくぞ、離婚の失態にもかかわらず、己の考えを貫き通すことができるものだと、橋本はあきれるどころか、感心してしまう。

ちなみに、現在の上田は、会社の経営権を息子の健二に譲って、名目だけの相談役として、第一線から退いている。

◇

一方、橋本と同じ高校の同期生で野球部員であった杉田真治は、大学を卒業して建設省に入省した。現在は、名称が変わって国土交通省になっている。

杉田は、その建設省を五十三歳で自己都合退職している。そのことを、わざわざ橋本の自宅まで来て、話してくれたことがあった。

聞けば、杉田の父親は、土地家屋調査士の事務所を経営していたのだが、不運にも腎臓がんで死去してしまったことで、その父親の後任を担うために、定年の六十歳を待たずして、建設省を自己都合退職したとのことである。そして、この名古屋の実家に戻って来たのである。そこは、自宅兼事務所になっていて、近くには一番につながりのある法務局がある。仕事の内容は、主に土地や家屋の測量を行うほかに、法務局に提出する登記書類などを作成するところである。

幸いにして、杉田は建設省時代に、土地家屋調査士の試験に合格していたとのことであるから、それこそ、亡き父親の後継者に収まってもおかしくない人物といえた。それと、彼は事務所を経営するにあたって、法務局との登記書類の受け渡しや登記の補正作業を事務所の部下に任せきりにするのではなく、自ら行うのが好きだという。その根底にあるものは、建設省の職員たちも、法務局の職員たちも、同じ公僕なので、ある種、親近感みたいなものが、身に付いていたからだと思われる。

もっとも、杉田の建設省時代での働きぶりは、どうであったかというと、公務員を揶揄《やゆ》した言葉どおり、「遅れず、休まず、働かず」に徹してきたと自ら語っている。それも、公務員の実態である年功序列制度の組織体制に対して異論を唱えるのではなく、ずっと辛抱強く受け止めてきたという。何しろ、年功序列制度の下《もと》では、年長者が重んじられるのが常である。故に、年少者は仕事で大きな成果を上げたとしても、賃金や待遇に反映されないため、必要以上の仕事をしないで、定年退職まで何事もなく勤め上げることのほうが、何よりも優先してしまうのである。ましてや、仕事でミスでもしようものなら、永久に浮かばれないため、どうしても、事なかれ主義に走ってしまうのである。

要するに、公務員は就職した時点で、レールが決められているから、無理する必要がないのである。

杉田の場合、本当は勤める職場に一石投じて実力主義を貫き通したかったであろうが、現行制度の下《もと》では、古い風土が根付いていて、不可能であっただろう。はたから見てとると、よくぞ長いあいだ消極的で、しかも自己の保身に努めてきたものだと驚いてしまうが、彼こそ公務員の必須とする『極意』を身に付けていたから、あえて実力主義の形に、はまらなかったのだと、橋本は理解している。それが、先ほどの「遅れず、休まず、働かず」の極意であって、その「働かず」は、誰しも知ってのとおり、公務員としての明確な標準のようである。

そこへ持ってきて、杉田は派閥意識の強い同僚たちとは、飲食などの付き合いも避けていたため、職場内では異端児として見なされていたようだ。

そんな苦々《にがにが》しい経験を踏まえてきた杉田も、今は、公務員時代のときの働きぶりとは真逆な生き方をしていて、橋本たちの抱える悩み事を親身になって世話してくれる頼れる人物である。

また、杉田は橋本に、こうも言った。

「これまでの私は、仕事が終業したあとや、あるいは休日のときであっても、なるべく異業種の人たちと交際して、幅の広い人間形成に努めてきました。何しろ、公務員には休日が年間四〇パーセントもありますから、それを有効的に活用しなければ、もったいないと思ったからです」

杉田の言う公務員の休日日数を計算してみると、週休二日制で一〇四日、国民の祝日で一六日、年次有給休暇で二〇日、年末年始の休日で六日、そのほかにも、振替休日や、場合によっては夏季休暇などがあって、合計すると年間四〇パーセント以上の休日が付与されていることになる。三日働いて二日が休日であるから、まさに、役人天国の日本である。

続けて杉田が言った。

「――そういう訳ですから、積極的に休日を利用して、人間形成を目指してきました。例えば、土地家屋調査士とか寺の住職など、さまざまな人たちから、教えを頂きました。ただし、それらの要職に就いている人たちとの出会いは、そう簡単には実現しません。千載一遇のチャンスがあったときに、これが『一期一会《いちごいちえ》』だと思い、彼らと友人関係が築けるように、精一杯の誠意を尽くしてきました。そのように接してきた理由は、事なかれ主義の職場で、画一的な就労と平凡な考えしか持っていないような同僚たちと付き合っても、特段、得《う》るものがなかったからです。それで、なるべく職場以外の人たちとの交際を通して、博識ある自分を形成するように努力したのです」

さすが、己の生き方に信念を持って取り組んでいる杉田は、大人としての自覚が備わった素晴らしい人物であると、橋本は教えられるものが多くあった。

◇

次に紹介するのが小林利夫である。

小林は、六十歳くらいの頃からスキンヘッドにしている。頭髪の大部分が抜け落ちてしまったからだ。今は、高校時代の面影は全く無いが、当時の野球部員の中では、一番、女子生徒に好かれた男である。

その小林は、北海道の田舎から橋本の住む町内に引っ越しして来て、橋本とは、中学のクラブ活動で同じ野球部だった。それだけではなかった。二人共、同じ普通高校を受験して、合格したときは、同じ町内に住んでいたせいか、クラス編成でも一緒だった。そんな偶然が重なって、二人の絆は深まり、高校でも、野球部に入部することを約束した仲である。そして、二人は、何かと共に行動する機会が多くなって、隣近所《となりきんじょ》では、兄弟と間違えられるほどの親睦の深さにあった。

時《とき》に、高校を卒業する直前の二月のことである。小林の父親が、勤務先のトラックを運転中に、不慮の交通事故で亡くなるという悲劇が起こってしまったのである。橋本は、そのことが、すぐには信じられなかっただけでなく、親しい小林の身に降りかかった悲劇に、嘆いてやまなかった。そればかりか、教室に入ってみて、彼の席が空席になっているのを目《ま》の当たりにすると、小林家の悲劇が事実であったと認めざるを得なかったし、最愛の父親を亡くした小林が、かわいそうでならなかった。

そして、通夜と告別式に学生服姿で参列した橋本は、親友の小林が深い悲しみに包まれている場面に直面して、涙が止まらなかったことを、五十年前の出来事であっても、昨日《きのう》のことのように覚えている。

そのとき以来、小林利夫の弟と妹の三人兄弟は、女手一つで育てられたのである。そんな不幸な境遇におかれていた小林は、せっかく普通高校を卒業したのに、家庭の経済的な事情が重くのしかかっていたこともあって、大学への進学を断念して、地元の金属会社に就職したのである。

しかしながら、彼は入社時から、トラック運転手になりたくて、会社に願い出ていたそうだ。なぜなら、亡くなった父親と同じ道を歩みたかったのであろう。その熱意がやっと社長に通じて、会社側の費用負担で、まず普通自動車免許を取得したそうだ。それから確か三年後だったか、待望の大型自動車免許を取得することができたのである。それによって彼は、今までの事務部門の職場から、運搬部門の職場に異動することが叶ったのである。

小林は、希望どおりトラックの運転手として働くことができて、余程うれしかったのか、運転した初日に、橋本の自宅まで報告しにきたことがあった。それは、もう四十年以上も前のことになる。そのときに、橋本が仕事内容を聞いたところでは、積載量十トンほどのトラックで、取引先の工事現場に出向いて、解体工事などで発生した鉄クズを引き取って、自社のスクラップ工場まで運搬するのが、主な仕事とのことであった。

——それから時が経過して、二人が六十歳のときである。いつもなら橋本の細君が町内会に出席するはずであったが、その日は、都合が悪いということで、代わりに橋本政雄が出席したときに、小林利夫と顔を合わせたときがあった。彼は、トラック運転手をしていることもあって、相変わらず顔と両腕は日焼けしていて、いかにも肉体労働者の風貌をしていた。

「トラさん。しばらく、お会いしていませんでしたが、お元気ですか?」

橋本は簡単なあいさつで、小林の健康状態を伺ったことがある。

「ああ、『元気』ということは、逆《さか》さ読《よ》みして『機嫌』もいいということです」

「なるほど、『元気』と『機嫌』は、共通する意味合いがあるのですね?」

「そうなりますね。何せ、生きるも死ぬも二つに一つです。私は元気で機嫌よく生きて、元気で機嫌よく死にたいと願っています」

「それは誰にでも言えることです。あの世に苦しんで逝くのは嫌ですよ」

「お互い、六十歳にもなると、先が心配になりますね」

二人が、そんな会話を交わしたあと、小林は、勤めている金属会社の話を切り出した。

その話の内容は、こうである。小林の勤めている金属会社は、就業規則で定年退職が六十歳と定められていたけれども、特別に、五年の雇用延長が認められたとのことであった。

「それは良かったですね。トラさんは、私と違って体力と根性がありますから、働けるうちは働いたほうが、自分の健康のためにもいいと思いますよ。頑張ってください」

橋本は小林を激励したのだった。

「ありがとう。ところで、上さんから聞きましたけど、ロボさんの慰労会は、来週の土曜日でしたね」

「ええ、電話で上さんが私の退職時期を尋ねられましたので、六十歳の誕生日をもって退職したことをお伝えしたところ、早速、慰労会をして下さるとの連絡が入りました。お言葉に甘えて出席させていただきます。皆さんの、お気持ちに、とても感謝しています」

「遠慮はいりませんよ。本当に長いあいだ、お勤めご苦労さまでした」

「どうもありがとう。実は、私もトラさんと同じように、会社側から雇用延長のお話があったのですが、なにぶんにも身体障害者の身ですので、お断りしたのです」

「無理して働かなくても、年金暮らしを楽しんでくださいい」

「はい、甘んじさせていただきます」

それ以来、橋本と小林は、年一回だけの町内会の開催であっても、なるべく出席して、お互いの情報を交換し合うことを約束した。それだけではない。橋本と小林は、元野球部員の上田に杉田と、機会あるごとに、花見会や忘年会などの名目で付き合い続けている。

そして五年後、再び小林と橋本が、町内会で顔を合わせたときがあった。

そのときに小林が言った。

「金属会社の雇用延長が六十五歳で終えましたので、今度は、地元の新聞販売店に再就職して、バイクで朝刊を配達しています。世の中にはさまざまな仕事がありますが、私は金属会社を退職したら新聞配達員になろうと、前々から決めていました。その新聞配達には、朝刊と夕刊がありますが、私は朝刊の配達に従事しています。やはり、私の思っていたとおり、やりがいのある仕事です。老若男女がバイクや自転車に乗って、雨や雪の降る日でも休まずに、新聞をポストに入れています。その配達が終わったときの充実感や満足感は、やってみた者でなければ分からないと思います。人から、『何のために働いているのか？』と問われたら、『生きるため！』と答えても過言でないくらい、やりがいのある仕事です。

そんな新聞配達の仕事ですから、書店やインターネット上で感動極まるエッセイが、たくさん取り上げられています。一度、探して読んで下さい。きっと、私の言っていることが、理解できるはずです。だから、私は力のある限り、新聞配達を続けていきたいと考えています」

小林は新聞配達に、ことのほか生きがいを感じていて、もうすぐ七十歳になろうとする今も、続けている。

橋本は、彼の仕事に対する前向きな姿勢に、心を強く打たれるものがある。

◇

さて、最後の四人目が主人公の橋本政雄である。

彼は、大学を卒業して鉄道会社に就職した。そして、四十三歳のときに、鉄道施設の保守と点検作業を実施する現場の統括責任者を任命されてから、間もないときのことであった。人間ドックを受診したら、心臓の大動脈弁に異常があることが発見されたのである。精密検査の結果、『大動脈弁狭窄不全症』という病名の告知があった。医師から人工の弁に置き換えないと、突然死する可能性が高いことも伝えられた。

それを聞いたときの橋本は、当然ながら驚き慄《おのの》いて、一瞬、頭の中が真っ白になった。予期せぬ告知で動揺してしまい、なかなか、冷静な精神状態に戻れなかったのである。何せ、己の心臓に欠陥があること自体、不可思議でならなかったからだ。それでも、どうにか正気に戻ったときに、よくよく考えてみたら、以前から軽い運動をしただけでも息切れがしていたし、背中に痛みがあったのは、医師のいう心臓の弁に異常があったからだと、理解できたのである。単なる体力不足ではなかったのである。

思えば、若かりし頃の橋本の生活といえば、職場の連中と徹夜で麻雀《マージャン》をしていたし、同僚との付き合いで酒を飲む機会も多くあった。更には、たばこを一日四十本も喫煙していたのである。今にして思うと、至って不健全で恥ずべき生活を送っていたのが、心臓に悪影響をもたらしたものと解釈できたのである。今更ながら、大いに反省すべきであったと、後悔している。

そんな、ゆがんだ生活を送っていた彼であったにしろ、いざ、医師の勧める心臓手術には、恐怖心だけが先だってしまい、消極的にならざるを得なかったのだ。何しろ、日本では心臓手術をすること自体、まだ発展途上の状況下であって、一部の大病院でしか実施されていなかったからである。

そのため、橋本は手術を受け入れる勇断ができず仕舞いで、時間だけが無駄に経過していた。されど、橋本は一家の大黒柱である。己の愛する家族のために、突然死だけは回避しなければならなかったのである。それには、清水《きよみず》の舞台から飛び降りたつもりで、手術に応じるしかないと、ついに決断したのであった。その決断した日は、医師から突然死の可能性があると告げられた一カ月後の三月であり、その二週間後の四月に執刀されたのである。

結果、心臓手術は成功して、当の本人に限らず、細君や親兄弟も安堵したのは無論のことであった。

あとから知ったのであるが、橋本の大動脈弁は、本来三枚あるべきところ、先天的に二枚しかなかったのである。それが原因で、四十三歳になってから息苦しさや背中の痛みが生じてしまったようである。

これによって、彼は一級の身体障害者に認定されてしまった。しかも執刀した医師から伝えられた注意事項の中には、置換《ちかん》した人工弁を安全に機能させるために、「ワーファリン」という薬を、毎日欠かさず服用しなければならないことであった。

そのワーファリンとは、血液の凝固を防ぐための代表的な飲み薬である。いわゆる、置換した人工弁に血小板が付着して血栓になるのを防ぐための薬である。従って、ワーファリンの服用者はけがなどをして出血すると、簡単には止血しないので、服用する量に細心の注意が必要になってくる。今のところ橋本は、五ミリグラムを服用しているが、四週間ごとに通院して、血液の凝固検査を受けている。結果、ワーファリンが効きすぎていると、服用する量を少し減らすことになり、逆の場合は少し増やして、人工弁が安全に機能するように、たえずコントロールしなければならない。

そのほかにも、医師から注意を払って暮らしていかなければならないことを告げられている。それは、ビタミンKを多く含む「ほうれん草」や「オクラ」などの、主に緑葉野菜を大量に摂取してはならないとのことである。理由は、ビタミンKがワーファリンの効能を弱めてしまうからである。中でも、ビタミンKを多量に産生すると言われる『糸引き納豆《なっとう》』は、絶対に摂取してはならないと、告げられている。それによって、橋本は、この二十六年間、納豆を一度も口にしていない。

このように、人工弁の装着者は、一生、定期的に血液の凝固検査を受けなければならないことと、ビタミンKを含有する食物の摂取を控えなければならない立場に置かされている。これも命あっての物種であるから、仕方の無いことである。ましてや、現代における医療機関の進歩と、執刀した担当医師の尽力に、感謝しなければならないところである。その恩義に報いるため、術後の橋本は、たばこの喫煙と麻雀をやめている。

そんな心臓手術の実体験をした橋本は、今まで、さして気にも留めていなかった自然の風景が、より美しく感受できるようになった。その最初の出合いが、何気なく病棟の窓から外を眺めた中に、桜が満開に咲いていた情景だった。その美しさに橋本は、時間を忘れて見続けていたものである。

やはり、人間は絶望的な状況に置かれたあとでなければ、命の尊さは無論のこと、自然の摂理も知ることができないようだ。今まで、この地球上の生態系に無関心であった彼が、このとき、満開の桜を見て感動する気持ちが湧き起こったのである。と同時に、心身の健康こそ、富や名声に勝るものはないと、実感したのであった。正に、橋本は息をして生きていることが幸せであった。

時《とき》に、山に育つ杉の木の寿命は、二千年以上といわれている。人間の寿命よりも、はるかに長い。その杉が、地球上の厳しい環境変化に耐えながら、芽を出して成木から老木へと生長する過程の堅強さと勇壮さには、目を見張るものがある。

では、橋本が生まれてから現在までの人生を回顧した場合、どうであっただろうか？杉の木のように美しく、たくましく生き抜いてきたであろうか？　橋本は、杉と己を比べてみて、杉には教えられるものがあった。

それ以来、彼は、地球上における生物多様性の保全について、関心を抱くようになった。すなわち、人類にとって、欠かすことのできない命の基本となる生物多様性の大切さを認識したのである。いわゆる、人間は地球の環境を絶対に壊してはならないことである。

ところで、話は変わってしまうが、橋本の親友たちは、彼をロボットの「ロボ」と呼ぶようになった。直径二センチほどの小さな人工弁を、たった一つ心臓に取り付けられただけなのに、大げさな、あだ名を付けられたものである。だが、手術時間が八時間も超えていたことや、そのあとのＩＣＵでの治療など、手術自体が大掛かりであったことを考えると、「ロボ」というニックネームを素直に受け入れることができたのである。

――その後、橋本は術後一カ月ほどで、勤めていた鉄道会社に職場復帰することになった。その際、会社側からの温かい配慮があって、今までの現場部門の職場から、心臓への負担の少ない事務部門の職場に、配置転換してくれたのである。そのお陰をもって、定年の六十歳まで大過なく仕事を勤め上げることができたのである。

かたや、今の日本は、百歳を超えるほど長生きする人が増えてきていて、六十歳の定年制の歴史や、人間の寿命に対する神話すらも崩壊しつつある。

そんな現状からして、これから数年先を推測してみると、団塊世代を中心に、日本国の高齢化がピークに達する。そのため、日本年金機構が言うには、基金不足に直面するとのことで、公的年金の支給開始年齢を六十歳から六十五歳まで、段階的に引き上げる施策を行うようになった。それに伴って、各企業の定年退職制度も六十五歳まで延びる傾向になりつつある。

確かに、昔と違って、長寿国になった日本だから、たかだか六十歳で定年退職して、悠然と年金生活するのは早すぎると言われている。今や、八十歳まで働く時代に突入したと言えなくもない。しかし、日本年金機構の施策は、基金に対する先の読みが甘かっただけでなく、年金の支給漏れや、個人情報の流出など、あまりにも、ずさん過ぎて、誰しも立腹して当然であろう。年金を運営する組織として、体を成していないと言わざるを得ない。橋本は、年金の受給者として、日本年金機構の怠慢ぶりと、無責任さに、驚きを隠せない。

ところで、橋本は、六十歳で定年退職せざるを得なかったのであるが、まだ仕事をする気力だけは備え持っていた。しかしながら、心臓手術をしたことで、体力に自信がなかったので、既定の就業規則に倣《なら》って、鉄道会社を退職したのである。やはり、どんな仕事をするにしても、心身の健康の上に成り立つものであると、身をもって知ったのである。

それでは、六十歳とか六十五歳で勤め先を定年退職した人たちは、どのような生活をしているのであろうか？　それこそ、身を粉にして働いてきた社長であろうが、その末端の平社員であろうが、定年退職と同時に、今までの存在自体が忘れ去られて、「ただの人」になってしまうことであろう。しかも、元いた勤め先の人たちは、定年退職者に対して、悠長に構えているだけであって、いちいち感傷にふけるような器量は、全く持ち合わせしていないだろう。実際のところ、「ただの人」ではなくて、「死んだ人」の扱いと同じかも知れない。従って、定年退職者は、元の勤め先に望むものは、何も無いということになる。

そのような事情を承知している橋本たち四人は、一つの取り決めをしている。それは、退職した時点で、冠婚葬祭のときに必要な礼服類だけを残して、それ以外のスーツとネクタイと革靴を廃棄してしまう取り決めである。今のところ、該当者は、橋本一人であるが、私的交際のときには、全員、軽装に心がけている。

ともあれ、定年退職すれば、誰しも忘れ去られてしまうのだから、いつまでも未練がましく勤めていたときの身なりに固執してはならないと、全員一致して決めたのである。それこそ、今までの仕事を、きっぱりと忘れて、新しい門出に乾杯するためである。言い換えると、勤め先での不合理な競争や、人間関係のストレスから脱却できた喜びを祝うためである。

何せ、今どきの「会社」もそうであるが、その会社を逆《さか》さ読《よ》みした「社会」もそうであるように、スーツとネクタイに革靴という身なりは、もはや会社でも社会でも必要としない時代に来ているのも、理由の一つにあった。クールビズの服装も、そんな考えからきているはずである。

よって、橋本たちは、何らかの会合で集合するときには、ポロシャツにスニーカーというようなラフな身なりで会するようにしている。

このように、橋本たち四人は、若きころから結束力の強い交友関係を堅持している。

そして、彼ら四人は、同じ高校の野球部に属していたこともあって、ピッチャーがキャッチャーに投げるボールを友情の架け橋と見立てて、『キャッチ四人組』と呼び合っている。

新年会

また新しい朝がやってきた。本日は二月十一日の建国記念日である。暦の上では、二〇一七年二月四日の立春も過ぎたというのに、まだ寒い日々が続いていた。

いつものように橋本は、自宅の玄関先に日本の国旗を掲揚した。その掲げた国旗の近くには、白のシクラメンと赤のシクラメンの鉢が一つずつ軒下に置かれていた。細君の慶子が園芸店で買ってきたものである。

そして、橋本は優雅に、はためく国旗と、美しく咲いているシクラメンの花を眺めていた。いつもならここで、隣の奥さんが朝刊を取りに、玄関から出てくるのに、本日は出てこなかったから、多分、ポストから取り出したあとなのかも知れない。

しばらくしてから、橋本は二階の書斎に戻って、昨日《きのう》、書店で買ってきた面白い雑学の本を読むことにした。読み始めてすぐに、机の上に置いていた携帯電話が鳴った。上田次郎からである。

「今年も例のメンバーで花見をしよう。いつもの川沿いのところだ。満開になったころの日曜日に俺が場所を確保しておくから、一応、予定に入れておいてくれ」

いきなり、上田から花見の誘いがあった。

橋本は少し考えた。桜が満開になるのは、例年、四月上旬になるはずだから、この先まだ二カ月近くもある。

「せっかち過ぎますよ、上さん。そんな先の長い約束では、みんなが無事に生きているとは限りません。それよりも新年会を『満天』でやってみたらどうでしょうか?」

橋本は、じきに七十歳になるキャッチ四人組の健康面を引き合いに出して、新年会を先に、やるように促した。橋本としては、早く四人揃って楽しい時間を過ごしたかったし、満天の女将に会えるのも、楽しみであったからだ。何せ、彼は女将に、心底惚れこんでいて、いつも会いたさ見たさで、恋い焦がれているのである。

ちなみに、「満天」とは、割烹料理店のことである。一階は調理場と住居になっていて、二階に客の利用できる座敷が十《とう》ほどある。いわゆる、店舗兼住宅である。そこに、五十路《いそじ》を少し超えたくらいの「美沙子」という女将が店を取り仕切っている。顔《かんばせ》の整った小柄な美人で、ほとんどの客は「ママさん」と呼んでいる。なお、板前は、調理師免許を持っている美沙子の良人《りょうじん》が賄っており、仲居も二人ほど雇っての客商売である。

その満天を利用するようになったきっかけは、橋本が六十歳で定年退職したときに、キャッチ四人組が慰労会をしてくれたときからである。かれこれ十年ほど常連客として利用している。

今回の新年会については、上田次郎が杉田真治と小林利夫の了承を取り付けた上で、満天の予約が確保出来次第、橋本政雄に連絡するとのことで、電話が切られた。

◇

早くも翌日に、上田次郎から電話が入った。

相変わらず陽気な声で、

「ロボさん！　新年会の日取りが今月十八日の土曜日に決まったぞ！　いつもの満天でやるから六時までに集合してくれ！」

上田に段取りをお願いしていた新年会である。年金暮しで毎日が日曜日の橋本であるから、特別な都合などある訳では無い。即刻、了承した。

これによって、橋本は新年会よりも満天の美沙子に会えることのほうが、格別うれしかったのだ。

――そして、待ちに待った土曜日が、やってきた。

橋本は、白のジャンパーに、紺のズボンとスニーカーのいでたちで家を出た。そのような服装にするのは、勤め先を退職したらラフな服装にしなければならないとの、キャッチ四人組の取り決めがあったからである。橋本の場合、六十歳で退職しているから、おおかた十年、それを続けていることになる。

「お願いします」

橋本は六時きっかりに満天の、のれんをくぐった。

すぐに仲居が出て来て、既にキャッチ四人組の三人は先着していると橋本に伝えながら、二階の座敷に案内してくれた。

襖を開けると、開口一番、「明けましておめでとうございます」と、一斉に三人の声が飛び交った。それに応えて、橋本も新年のあいさつをして、席に着いた。

全員そろったところで、幹事の上田次郎が話し始めた。

「えぇ～、本日は、飲んべぇ～の爺さんたちが、やっとこさ、おいでやして、ほんま、お～きに。めっちゃ好きな酒、ぎょ～さん飲んでもかまへんで！」

上田が即興の関西弁で話したので、全員が笑ってしまった。

「えぇ～、下手《へた》な関西弁は、ここまでにしておこう。さて、きょうは一月十八日である。新年会としては、ちょっと遅いような気もするが、何事も、遅いのが老人の特徴だから、今回の集まりは、新年会ではなくて後期高齢者の老人会と同じようなものだ！」

一同、上田の高齢者に向けた、あざけりに苦笑させられた。

「もう、俺たちは、普遍的な老化現象の現実に、今更、じたばたしても仕方がないのだ。その内、もっと高齢化が進んでくると、街中《まちなか》では、杖を持った老人たちで、あふれかえって、異様な光景を目にすることになるぞ。嫌でも年がら年中、三本足の老人ばかりを見ていて気落ちするはずだ。しかも、老人たちは、何かと社会の足手まといになりやすいし、杖を持っての外出は控えてもらわないと困ることになるな。これからは、老人よりも若者たちのフレキシブルな行動が、もっと社会に反映して欲しいものだ。ところで話は変わるが、俺は、新年早々、若い女性にもてた初夢を見て、この世の至福のひとときを味わって、——」

「料理が冷めてしまいま〜す！」

長話を続けている上田に、小林の一声《ひとこえ》が出て、上田の演舌が中断された。

「せっかちなトラさんは、俺の話なんかよりも、早く酒を飲みたそうなので、そのトラさんに乾杯の音頭をとってもらうか」

「イエーイ！　待ってました！　幹事さんから、ご指名を受けましたので、乾杯の音頭を取らせていただきます。それでは、上さんが言ったように、のろまの老人たちがフレキシブルになれるように、皆さん頑張りましょう。乾杯！」

「乾杯！」

全員が唱和して、やっと新年会らしくなった。

小林は、酒が飲めるようになって余裕ができたのか、上田に話し掛けた。

「上さん！　途中で話の腰を折ってしまいまして、すいませんでした。その初夢ですが、女性にもてたときの続きを話してくれませんか？」

「よっしゃ！　ほかの者も聞きたそうな顔をしてるから、女殺しのテクニックを教えてあげよう。その秘訣だがな、女には真面目で真剣そうな顔をして話しかけては駄目だぞ。必ず笑いながら話すことだ。その方が、話し好きな女は安心して、たわいもないことを聞いてきたりしてくるよ。そのときがチャンス到来だ。特に、話のやり取りの中で、たとえ知っていることでも、知らない振りをして、女に優越感を与えてやるんだよ。そして、『顔が可愛い』とか、『声がきれい』とか、『スタイルがいい』とか言って、褒めてあげるのだよ。褒められた女は、褒めた男を本能的に好きになるもんだ。できるものなら、面白い話のネタを二つ三つ用意しておけば、もっと好印象が得られるぞ。何せ、それくらいの努力をしないと、女には、もてないな」

「へぇ～、上さんは素敵な個性の持ち主だから、当然、女性にもてていたと思いましたが、そうじゃないのですね？」

小林は、上田の個性を見る目が、違っていたことに気づいて言った。

「ああ、俺も昔と違って、落ち目になったよ。年には勝てないな。もう、若造じゃないし、女に首ったけになるほどの情熱も、はかなく消えそうだよ」

上田は少し弱気になっているようだ。

そこで、小林は話題を変えて上田に話し掛けた。

「ところで、上さんは相変わらずビールを飲まないのですか？」

「俺は日本人だから日本酒オンリーにしているよ」

「ビールは、おなかが膨れるからですか？」

「そうじゃないよ。日本のビールは、どのメーカーも味が一緒で格別うまいのがないから、飲む気にならないだけさ。その代わり、輸入ビールは別だな。うまいのが、たくさんあるぞ」

「酒屋さんに、そんなにうまい輸入ビールが、置いてありますか？」

「それが、このところ大手の酒屋でも置いていないのだよ。輸入ビールは、みんな味が違っていて、そそられるものが多くあるのに、どうしてだろう？　何が何でも飲みたくなったらインターネットで検索して取り寄せることもできるけど、そこまでして欲しいとは思わないよ」

「でも、夏は冷たいビールが飲みたいでしょう？」

「ところがどっこい。ビールの代わりに、冷酒をがぶ飲みして酔っ払っているよ」

上田と小林の話が続いているときに、杉田真治が真面目な顔をして皆に話し掛けてきた。

「皆さん！　雑談はそのくらいにしてください。我々は、これまで、さまざまな名目で会合を重ねてきましたが、きょうの新年会は初めてのことです。そこで、皆さんから新年の抱負をお聞きしたいのですが、いかがなものでしょうか？」

律儀な杉田から、新年の抱負を発表するようにとの提案が出された。

「よし分かった！　それでは、一人ずつ話をしてもらおうか。まず、トラさんからお願いするぞ！」

幹事の上田が、長年トラックの運転手をしていた小林利夫に、新年の抱負を話すように促した。

突然の指名を受けた小林は、びっくりしたようだが、幾分、緊張ぎみで話し始めた。

「——新年の抱負としては月並みかも知れませんが、春と秋の過ごしやすい時期にハイキングをしながら、日本の美しい山河を写真に収めるつもりでいます。このところ妙に自然の美しさに触れてみたくなったのです。ついては、日本の国蝶《こくちょう》に指定されている『オオムラサキ』を写真に撮ってみたくて、多く生息すると伝えられる山梨県の里山まで足を運ぶつもりでいます。そのオオムラサキは、羽を広げると十センチくらいになる大きな蝶で、グライダーのように飛ぶそうです。ただし、オオムラサキは、夏の暑い時期にしか飛ばないようなので、熱中症に気を付けながら、探し求めたいと思っています。ただ、残念なことに、近年、絶滅の危機に瀕しているそうなので、写真に収めるのは難しいかもしれませんが、運よく撮影できればと、期待しているところです。それだけではありません。私は、店で買ってきた日用品や食品なども写真に撮って、思い出のアルバムを作るつもりでいます。何しろ、写真は一枚一枚が証拠になりますし、アルバムも証拠の宝庫になりますから、孫が成長したときに一緒に写真を見ながら、語らいの場を作りたいと考えています」

「それは素晴らしい考えです。お孫さんが、たくさん生まれるといいですね」

と杉田真治が言うと、

「いやだな。年を取るとセンチメンタルに支配されてしまうのか。俺だったら美しい女性のヌード写真を撮って、若返りを図るよ」

上田が小林を茶化したとき、橋本と杉田は苦笑《にがわら》いするしかなかった。当の小林は、そんな上田の茶化しなど気にもせず、続けて言った。

「もう一つ、新年の抱負があります」

「え〜、まだあるの？」

上田は驚いた。

「そうです。もう一つあります。私は以前から自分の好奇心や探求心が掻き立てられていることもあって、シニア大学の入学を目指す決心をしました。多分、六月頃の入学になると思いますが、シニア大学は、どこも受講の内容や入試の種類などが異なっていますので、現在、自分に一番適した大学を調べている最中です」

「よくもまあ～、無意味な学習を思いつくもんだな。余生は遊ぶに限るのに……」

と上田が呆れて言った。

「何しろ、私は家庭の経済的な事情で高校までしか卒業できませんでした。今でこそ勉強しておかないと、親としての示しがつきません。たとえ、勉強が大変であっても、人間は高みを目指す努力が必要だと思います」

小林の向学心には揺るぎないものがあった。

「素晴らしい考えですね。トラさんが頑張って学士の学位を取ったら、ここの満天で祝賀会をやりますよ」

と橋本が小林を励ました。

「ありがとう。人間、六十歳になろうが、七十歳になろうが、ずっと自分の考えを変えずにいたら進歩がありません。変人だと思われます。シニア大学の入学は、そのことにあります」

「さすがトラさん。お世辞に聞こえるかも知れませんが、『知識のある人ほど努力が必要』と言いますからね。卒業するまで頑張ってください」

今度は杉田が小林を褒めたたえた。

「そんな風に、皆さんから言われると恥ずかしくなります。でも、ありがとう」

小林の表情には、満足感と自尊心が窺われた。

ここで新年の抱負を二つ披露した小林利夫の話は終えて、次に、杉田真治の番になった。

「私は、知的所有権の考察について、本格的に取り組むことにしました。いわゆる、特許や実用新案の考案です。いくつか可能性のあるアイデアを思い浮かべていますので、それを文書化して特許庁に出願するための準備をしております」

「一攫千金のチャンスを狙っているな」

と上田が言うと、

「それは、確かなことです。特許や実用新案は、日常生活の中で不便と思われる実例を探し出して考察すればいいのであって、意外と効果的なアイデアが浮かんで来て楽しいものです。『必要は発明の母』と言われるゆえんです。しかも、考える習慣を身に付けると、脳の活性化にもつながるようですから、一石二鳥でもあります。何しろ、今年で七十歳になる私ですから、認知症を防止するためにも有効な取り組みだと思っております」

「認知症なんて嫌でも向こうからやってくるよ。俺なんか絶対に認知症にはならないと思っていたが、このあいだなんか、孫と公園に遊びに行ったときに、ステテコの前と後ろを間違えて、はいていたため、用足しに困ったことがあったよ」

上田は、杉田から認知症の話が出たことに、かこつけて、自らが引き起こしたハプニングを披露した。

「へ～、それは大変な事態でしたね。実際、どうしたのですか？」

小林はそれを知りたくて、上田に聞いた。

「トラさんよ！　そうなったときに、どうするのか、今からよく考えておくといいね。あとは、ご想像にお任せだ！」

「それこそ、難題中の難題ですよ」

「そのとおりさ。それだけじゃないぞ。ほかにも幾つか認知症の症状があったぞ。小銭をポケットから出すときに、ポロポロ落としてしまう失敗も再三経験しているよ。それから、上着のボタンを掛け違いする失敗もよくあるし、一度、考えていた用事を実行しようとしたときに、途中で誰かに話し掛けられたりすると、最初の用事を忘れてしまうこともよくあるな。このような症状は、認知症なのか、それとも別な病気なのか、俺にはよく分からないが、その内、息子の名前も忘れてしまうような気がしてならないよ。今や、認知症も『がん』と同じ不治の病であるから、完治させるには永遠のテーマだ。まだ、俺としては、介護施設に入所されないだけでも運がいいのかも知れないが、何にしても心配の種は尽きないものさ」

それを聞いていた小林が、

「上さん！　万が一、認知症になったとしても、周りの人たちが困るだけです。本人は、何も分からないはずですから、意外と幸せな気分でいるかも知れませんよ」

「それもそうだな。認知症を気にしていたら切りがないし、損だな」

「そうですとも。仮に、認知症になっても、赤ちゃんが泣いたり笑ったりしているのと同じと考えれば、気持ちが楽になりますよ」

上田は、小林の教えにあっさり共鳴してしまい、認知症のことで思い悩むのは、やめてしまったようだ。

ここで橋本が、

「認知症の話題で盛り上がってしまい、特許の話が横道にそれてしまいました。杉さんには気を取り直してもらって、引き続きお話をして頂きましょう」

改めて、橋本が杉田に促すと、彼はすぐさま応じてくれた。

「――という訳ですから、知的所有権の存続期間は、出願してから特許が二十年で、実用新案が六年あります。その期間中に買い手が決まれば、私に契約金とか実施権料などが入ることになります。もしものことで、権利者である私が死んだとしても、知的所有権の存続期間中であれば、その権利を家族に相続することもできます」

「なるほど。そのときの相続人は、ありがたいな。でも、杉さんの生存中に特許が売れたら、誰しも、おこぼれを頂戴したくなるだろうな。何せ、杉さんは稼ぐのに忙しくて使う暇がないようだから、いっそのこと恵まれない私に寄付をしたらどうかな？」

またも上田の冷やかしが出た。

「そうはいきません。我が家は、在りそうで無いのが、お金《かね》です。ですから私のアイデアが特許庁で認められるのを期待するのですが、しょせん、考えたアイデアが売れなければ話になりません」

すると上田が、

「もしも、杉さんの特許が高額で売れたとしたら、全部、使い込んで欲しいな。そうしてもらわないと日本経済がデフレになってしまうから、頼むよ」

上田の大げさな要望に困惑する杉田であったが、

「お金《かね》は使うためにあるものです。もし本懐が遂げられたときは、協力させてもらいますよ」

と精一杯の返答をしたところで、杉田の話は終えた。

次は橋本政雄の番である。

「私もトラさんと同じように、今年の抱負は二つあります。まず、一つ目の抱負ですが、『温泉三昧《おんせんざんまい》』をすることです。既に、年明《としあ》けから実践していまして、先日も岐阜県の池田温泉に行って来ました。評判どおり良質な温泉で、肌がつるつるになるのを体験できて、これぞ、温泉の中の温泉だと感じました。これからも、インターネットで検索して、愛知県を中心に岐阜県や三重県の温泉地に、日帰りで出掛ける予定でいます」

最近、橋本のように温泉施設に足を運ぶ人が多くなったご時世なので、日本の伝統である銭湯が、次々と廃業に追い込まれている。そのため、昔から人々が、親しんできた銭湯を救済するために、各自治体が補助金を出して存続を支援しているが、現状は、なかなか効果が出ていないようである。勿論、各家庭に風呂が備え付けられていることも、一つの理由としてあろうが、やはり、大手の温泉施設と比べると、施設の規模やサービス面、そして後継者不足などがネックになっていて、廃業はとどまるところを知らない。我が国、独特の生活文化を築いてきた銭湯なのに、残念でならない、と橋本は痛感している。

ともあれ、橋本が利用する温泉施設は、露天風呂や炭酸風呂、ジャグジー風呂など、さまざまな浴槽が完備されているところを選んで出掛けている。そこに、食事も取れれば、一カ所で一日中、楽しめるから、最高だと思っている。

「実際、ロボさんが利用するような温泉施設は、日本に何カ所くらいあるのですか？」

杉田は橋本に質問した。

「私がネットで調べたところ、全国で日帰り温泉ができる施設は、七〇〇〇カ所を超えていました。その内、愛知県と岐阜県と三重県の三県で、合計すると一五〇カ所くらいありました。その中には、天然温泉を直接くみ上げている施設と、よそから天然温泉をタンクローリーで運んで来て循環している施設の二種類があります。私は、循環していないほうの施設だけに絞って、車で出掛けています。何しろ、身体障害者の私ですので、心臓に負担のかかる行動はとれません。でも、車で温泉三昧するくらいの労力なら十分に可能と判断した訳です。それと、温泉の効能によって、長生きできるのではないかと期待している一面もあります」

ここで、上田が聞いた。

「何歳まで生きるつもりでいるのかな？」

「日本人男性の平均寿命が八十歳とのことですから、あと十年あります。そこまでは生きていたいですね」

橋本は上田の愚問に馬鹿正直に答えた。

「ロボさんよ、知っているかい？　その十年の内、三年くらいは寝ている時間だから、お天道様《てんとうさま》が見られるのは、残りの七年しか無いぞ！　時間は無限にあるというのに、たかだか七年の命に、はかなさと空《むな》しさを感じるはずだ。時間なんて、人間の気持ちを考えずに、ただ早く追い越していくだけだ！　呼び戻すこともできなければ、増やすこともできないぞ！　誰でも、早く死にたくないのは分かるが、年を取る時間だけは遅くなって欲しいものだ。それに、俺は、死ぬ直前まで一番好きな酒をしこたま飲みたいし、まだまだ恋もしてみたいから、最低百歳まで生きるつもりでいるぞ！　ただし、時間が早く進んでくれると、年金の受取日が早くきて俺はうれしいけどな」

と上田が冗談とも言える、欲張りな願望を話した。

とうとう、橋本の温泉三昧《おんせんざんまい》の話が、上田のせいで時間の話に、それてしまったのに、当の橋本は真面目にこう言った。

「誰しも自分の寿命は分かりません。『昨日《きのう》は今日《きょう》の昔《むかし》』というくらいですから、限りある時間を大切にして暮らしていかなければなりませんね」

「ほかの言いかたをすれば、『歳月人《さいげつひと》を待《ま》たず』とも言いますよ」

と杉田が類似する諺《ことわざ》を放った。

「まだありました。『光陰矢《こういんや》の如《ごと》し』です」

杉田が二つ目の諺を言った。

「何しろ、きょうという一日は二度と来ませんから、当然、時間を大切にしなければなりません。もしも、寝たきりの病人にでもなったら、大切な時間を有効的に活用できなくなってしまいますから、上さんの言ったように、はかなさと空しさを感じてしまうでしょうね……」

橋本は、時間が進む速さと、生きられる時間の短さを心配して、しんみりとした口調で、将来の不安を説いた。

ここで、今まで黙って聞いていた小林がこう言った。

「ロボさん！　人間、生きている時間は、たとえ短くても、死後の時間は、とてつもなく長くありますから安心してください！」

「えぇ～！　あの世に時間なんてあるのかい？　トラさんが言うように、とてつもなく長い時間があるのだったら、とてつもなく長い時間、奇麗なお姉ちゃんと、お付き合いができるのだな？　そうだったら、早く逝ったほうがいいかも知れんな」

上田らしいジョークが出た。

「誰しも時《とき》の流れに勝てる者はいませんから、時計なんかいりませんね」

小林は時計の不要性を訴えた。

とうとう、時間の談論風発に耐えがたくなった杉田がこう言った。

「皆さん！　そのくらいで時間の話し合いは、やめにしましょう。時間の話ばかりをしていると、そこに掛けてある時計の針が、憎らしくなってしまいますから……」

杉田がそう言うと、室内に、しばしの沈黙が流れた。

――気を取り直した橋本が、再び話し出した。

「それでは、私の二つ目の抱負を発表します。それは、『自分史』を執筆することです。実のところ、自分史と似たような言葉に、『自伝』とか『自叙伝』があります。いずれも、私の生きざまからして、ちょっと大げさなタイトルに感じましたし、『回顧録』や『回想録』では、過去の思い出つづりだけに終わってしまいそうだったので、結局、未来のことも自由に書き示せる『自分史』というタイトルに決めました。その自分史を執筆する理由としては、一つに、自分の生い立ちを正確に伝えたかったことと、二つに、今までの家族とのコミュニケーション不足を埋め合わせしたいと思ったからです。そうすることで、自分史が少しでも家族の道標《みちしるべ》に、つながればと考えたのです。ただ、早いもので、きょうは、もう二月ですから、今年はあと十カ月ほどしかありません。そんな短い期間で自分史を完成させるのは、非常に困難が伴います。でも、何年かかろうとも、必ず完成させたいと意気込んでいます。何しろ、今年で節目の七十歳になる私ですから、これまでの存在感を示すためにも、過去の出来事を中心に、未来のことも含めて書き綴っておこうと考えました。いずれ、この世から私の名前が消えたにしても、自分史だけは後世に残りますから、それに望みをかけたのです。以上、お粗末ながら、私の二つ目の抱負は、これで終わらせていただきます」

「ロボさん！　身体《からだ》を大切にすれば、命は、いけるところまでいけますよ。無理しないで、ゆっくり自分史を執筆してください」

小林は橋本に気づかった。

「きっと、長編の自分史になるでしょうね」

杉田は、そう見通ししたようだ。更に杉田は、小林と橋本に、こう褒め称えた。

「トラさんの『シニア大学』といい、ロボさんの『自分史』といい、素晴らしい抱負ですね。とても感銘を受けました」

そこで、橋本が言った。

「でも、私は書き手としてはズブの素人《しろうと》です。誤字脱字はもとより、文法においても見苦しいところが、たくさん出てくると予想しています。それらを解決するために、国語の参考書を購入して、孤軍奮闘《こぐんふんとう》しながら勉強している最中です」

「ぜひ、自分史が完成するまで、情熱と気力をもって頑張ってください」

杉田は橋本を激励した。

ここで、やっと幹事の上田が抱負を語る番になった。

「俺の抱負は、その都度、自分のしたいことをするだけだ！　例えば、日本に大きな災害が起きたときにボランティア活動に参加して、困っている人を助けるとかだ！」

「えぇ～！　ボランティア活動を新年の抱負にするなんて、ちょっと、おかしいですよ」

小林は上田の抱負に疑問を抱いた。

「そうかも知れんな。しかし、被災者を支援している団体に、少しくらいなら寄付はできるぞ！　ワッハッハッ！」

と上田が笑いながら弁解した。

続けて上田は、

「さて、真面目に今年の抱負を話そう。それは、競輪で大穴を当てて嫁さんを募集することだ。まだ、この年で『恍惚《こうこつ》の人』だけにはなりたくないし、後家さんでもかまわないから嫁さんを見つけることだ。それが決まったら、みんなを披露宴に招待して、景気よく『あんたの花道』を歌うつもりでいるよ」

上田は六十五歳のときに離婚していて、五年前から同じことを言っている。特に、天童よしみ氏の歌う「あんたの花道」が好きなのは皆に知られている。

また、競輪にしても、かれこれ五十年くらい、のめり込んでいる。しかも、上田の若かりし頃は、給金の全部を一日で叩《はた》いてしまった失敗例が、しばしばあったというのに、いまだ懲りず、競輪ギャンブルに手を染めている。

そんな過去に何度も苦《にが》い経験をしている上田なので、近頃は、軍資金を減らして、穴レースに狙いを定め、車券を購入しているという。

そもそも、競輪の仕組みは、多くの場合、九人の選手が一着を目指して競争するスポーツギャンブルである。その九人の選手たちは、己が競争して何着になるのか分からないのに、第三者の競輪ファンが一着と二着を当てる連勝式や、いっぺんに三着まで当てる三連勝式などに、貴重なお金《かね》を投じてギャンブルに興じている。それも、不確実の中から確実な答えを出すための投票であるからして、当然ながら簡単には的中しない。結局、かけ事は、やればやるほど負けるのが分かっているのに、強情にも上田は、「男のロマンを追求しているのだ！」と反論する。とても都合のいい、返し言葉である。

このように、競輪好きな上田であっても、このところ、本場《ほんじょう》まで行って車券を購入するのはやめて、インターネットで購入しているという。

更に、上田は、こう言った。

「トラさんとロボさんが新年の抱負を二つも発表したからには、俺は負けないために、三つにしたいところだが、一歩譲って二つにしておこう。先般、俺は白内障と診断されたが、そのときの医者が言うには、今の段階では手術をしても、しなくても、ちょうど中間あたりだそうだ。しかし、俺は手術が待ち遠しくてならないから、そろそろ申し出ようかなと、考えているところだ。それが、二つ目の抱負だ！」

「無理して抱負を二つもあげなくてもいいのに、上さんは相変わらず競争心が旺盛ですね。それに、上さんの抱負は、何か軽すぎやしませんか？」

と小林が疑問を投げかけた。

「上さんが競輪で大穴を当てるとか、白内障で手術をするとかは、抱負ではなくて『目標』ですよ」

と橋本が指摘した。

「なに！　競輪も白内障もロボさんが言うような目標なんていうものじゃないぞ！　俺が一大決心した抱負だ！　二つとも俺にとっては重要で、かつ、いつも心の中に抱いているものだ！」

と上田が興奮した口調で反論した。

「分かりました。難しい話になってしまいますので、ここでは抱負も目標も同じ意味合いであると、みなしておきましょう」

この杉田の一言で、抱負の発表は、いったん区切りがついた。

◇

キャッチ四人組の宴席に、女将の美沙子が顔を出してくれた。えくぼが魅力的な美人である。

今までに、橋本たちが何回となく満天で会合した実績があるので、美沙子は皆になじんでいて、ニックネームで呼びかけてくる。

「上さん！　毎度ありがとうございます。きょうの幹事、ご苦労様です」

美沙子は、新年会を電話予約した上田に、まず礼を言った。

そのあと、全員に酌をして回ってくれた。

ところで、橋本たち四人は、この満天の落ち着いた雰囲気がとても気に入っていて、何事につけ、満天にやって来ては交友関係を深めている。特に、満天を利用する大きな理由としては、散会するまで時間の制限が無いことにある。酒や肴が尽きても、また、話に夢中になっていても、閉店の十一時まで気楽に、居座れるのである。それに対して、美沙子は嫌な顔、一つしないし、加えて、「泊まっても、かまわないのよ」と言うくらい寛大な女将である。これも美沙子の優しく真心のこもった接客姿勢があるからこそ、皆が満天に引きつけられる、ゆえんであろう。ただ、キャッチ四人組が、いくら常連客であったにしろ、満天は旅館ではなくて、割烹料理店なので、当然ながら宿泊するのは遠慮している。

今回の集いは、初めての新年会である。キャッチ四人組による新年の抱負が発表されたりして、宴席は賑やかに進行してきた。加えて、いつもながら、上田次郎のキャラクターが目立っている状況もあって、皆が楽しい雰囲気に包まれていた。

そんなキャッチ四人組の交友の深さと、和気あいあいとした雰囲気を、いつも接客しながら垣間見ていた美沙子が、急に言い放った。

「ねえ、皆さんと一緒に旅行に行きたいわ……」

美沙子は、キャッチ四人組の親交の深さが、うらやましくて、仲間入りしたかったのであろう。その彼女が七十歳にもなろうとする男たちと共に、旅行に行きたいと言い出したのは、天と地がひっくり返るくらい、全員が驚いたのは当然のことであった。

そこで、間髪を容れず、

「ママさんと一緒に旅行ができれば、俺は死んでも構いません」

上田は大げさに反応した。

「ママさんが一緒でしたら楽しさ倍増です」

小林も上田に同調して喜びの気持ちを伝えた。

「仕事のことは忘れて、ゆっくりと温泉にでも浸かりましょうか」

杉田は進言した。

「岐阜の下呂温泉《げろおんせん》はどうでしょうか？　そんなに遠くはないし、日本の三名泉の一つとして有名ですから」

年初《としはじ》めから温泉三昧を続けている橋本が、旅行の目的地を提案した。

「そのあたりなら私の車で行きましょう。ミニバンで八人まで乗れますから、五人だったら楽勝です」

今度は小林が運転手を買って出た。

こんなキャッチ四人組のチームワークの良さに感激したのか、美沙子の顔には、うれしさが溢れ出ていた。

その日の内に全員の意見がまとまり、秋の紅葉シーズンに出掛けることが決まった。

花見会

上田次郎が手配してくれた花見会が、四月二日の日曜日に、川沿いの桜並木の下で実施されることになった。

この日の昼時は、風もうららで甘く感じられ、川面に映る桜も笑っているかのような、絶好の花見日和《はなみびより》であった。

幹事の上田次郎は、早くも季節を先取りして、半袖姿でキャッチ四人組のメンバーを待っていた。いくぶん衣替《ころもが》えをするのには、早くて寒すぎると思われたが、彼のガッチリした体格に腕の太さからして、それほど半袖姿に違和感は無かった。むしろ、誰よりも早く衣替えした上田には、すがすがしささえ感じられた。

上田は、今回の花見も早朝から場所取りをしてくれていたが、橋本たちの到着が待ち遠しかったためか、既に酒を飲んでいて顔が少し赤くなっていた。

それであっても、橋本たちは上田が酒に強いのをよく知っているので、さして気にも留めず、花見会を設営してくれた彼に礼を言って、用意されたブルーシートの上に座った。

付近を見渡すと、例年と同様、足の踏み場も無いくらいブルーシートが敷かれて、花見会が行われていたし、道路沿いには、多くの露店が連なって客を呼び込んでいた。

また、川沿いと道路沿いに挟まれた遊歩道では、日曜日ということもあって、多くの老若男女が歩きながら桜の観賞を楽しんでいた。とりわけ、お似合いのカップルが、手を結んで、仲良く桜に見とれている情景を目《ま》の当たりにすると、その初々しさと新鮮さに、橋本は嫉妬を感じるほどであった。

本日の花見会は、満開の桜のほかに、露店のにぎやかさと、若いカップルの観賞もでき、おまけに昼間から酒が飲めるなど、いいこと尽くめである。

早速、上田は用意していた卓上ガスコンロで、酒を燗《かん》してくれた。少し肌寒かったから、橋本たちはビールはやめにして、燗酒で乾杯した。

そのあと、上田は保冷袋から何やら取り出してきた。鮪の刺身である。

「酒の肴《さかな》には生《なま》ものが一番だ！　皆の者、食べてくれ！」

前日、上田はスーパーで鮪を買ってきて、自宅の冷蔵庫に保存しておいたのを、今朝、保冷袋に入れて持ち込んだのである。

そんな上田の心遣いに、橋本たちは感謝の気持ちで顔がほころんだ。同時に、彼が親友でいてくれる喜びも強く感じ取っていた。

少し経って、小林から提案があった。

「皆さん！　ここに満天のママさんを呼んでみたらどうでしょうか？　女性は花が好きですから、きっと来てくれると思いますよ」

「よし分かった。満天は五時の開店だから、今の時刻なら来てくれるだろう」

幹事の上田は、携帯電話を取り出して満天の美沙子に電話をかけたら、すぐに、つながったようだ。その結果によると、彼女は二つ返事で駆けつけてくるとのことである。その際、道路沿いの露店射的場のすぐ近くで、キャッチ四人組が集まっていることを、彼女に告げたそうだ。

この上田の説明で、全員の顔に喜びがあふれだした。

「今の電話ですけど、上さんは流行《はやり》のスマートフォンを使用していませんね」

橋本は、上田が満天の美沙子に電話を掛けているところを見ていたので聞いた。

「ああ、スマホじゃなくて『ガラケー』と言われるやつだ！　ロボさんは、どうなんだ？」

「はい、スマホは難しそうなので、使いたいと思いません」

「トラさんと杉さんは？」

「私は、英語やカタカナ語が苦手ですから、スマホを欲しいと思いませんね。電話で話せるだけで十分です」

と小林が上田の問い掛けに返答した。

「私もスマホにはしていません。自宅にノートパソコンがありますから」

と杉田も返答した。

結局、全員がスマートフォンにしていなかったのである。それを知って、上田節が、さく裂した。

「スマホは俺たちに必要としないアプリが、ごちゃごちゃ付いているだけだ！　しかも、至るところで若造たちが、うつむいて指で画面をなぞったり、叩いたりしているのを見ていると、俺には滑稽に映るし、呆れて物も言えないよ。よくもまあ、あんな小さな画面を長い時間かけて、いじっていられるもんだ！　それこそ魔物に取りつかれているとしか思えないな」

上田のスマホ利用者に対する強烈な皮肉が発せられた。それも、ちょうど桜の花見に来ているという訳ではないが、四人は『三日見《みっかみ》ぬ間《ま》の桜《さくら》かな』という表現に、ぴったりと当てはまっているようだ。なぜなら、七十歳を迎えようとする面々は、ＩＴ産業が発達しているのに、その技術について行けなくて、尻込みをしているのである。それで、スマホを欲しいと思わないのである。

そうこう話をしている内に、人混みの中から美沙子の顔が現れた。春日和《はるびより》にマッチするかのような、紺のスカートにピンクのカーディガンを召した洋装での、お出ましであった。

「待ってました！」と言わんばかりに、橋本たちが拍手で歓迎をしたとき、全員が美沙子の笑顔に伝染してしまった。彼女の笑っている瞳は、「宝石」のように輝いていたし、えくぼも魅力的で、人をひきつけてやまない。まさしく地上を照らす太陽のようで、ひときわ美しく見えた。それだからこそ、割烹料理店の満天が、順風満帆に商売繁盛しているゆえんであろう。

すぐに、上田がブルーシートに美沙子の席を作って座らせた。

「皆さん！　お誘いくださいましてありがとうございます」

美沙子は手をついて、あいさつをしたので、橋本たちは、再度、拍手をもって歓迎した。

このように、美沙子の立ち居振る舞いは、まるで『立《た》てば芍薬《しゃくやく》、座れば牡丹《ぼたん》、歩く姿は百合の花』のようであった。橋本たちは彼女の妖艶に見とれて、酒を飲むことさえ忘れていた。

このあと、美沙子は、やおら風呂敷包みから差し入れの品を取り出した。

「ちょうど、お料理の仕込みをしていましたので、急いで温めてきましたのよ」

それは、お盆の上に納められた四つの「茶碗蒸し」であった。

美沙子は、うれしそうな表情をして、「冷めないうちに食べて頂戴ね」と、一人ひとりに差し出しながら言った。

すかさず橋本が、「遠慮なくいただきます」と言い、杉田も、「おいしそうな茶碗蒸しです。どうもありがとう」と感謝した。

このとき、美沙子を呼び寄せるように提案した小林が発言した。

「ママさん！　来年も花見のシーズンが到来しましたら、ご招待しますよ」

「ありがとうございます。私も皆さんとご一緒に、お花見が楽しめるなんて、とても、うれしいですわ」

美沙子は、にこやかな表情を浮かべて、そう言うと、上田が、

「トラさんよ。来年もママさんと一緒に花見をしたいのは山々《やまやま》だと思うが、俺たち年寄りは、そんな一年先まで生きているとは限らんぞ！　約束は、せいぜい一週間先までが限界だ！　ワッハッハ！」

上田が小林の発言に水を差したので、橋本たちは苦笑《にがわら》いをするしかなかった。

続いて、上田は美沙子に紙コップを差し出し、やかん酒を勧めようとした。

「ごめんなさい。きょうはお店に大勢《おおぜい》のお客さまが来ますので、飲めないの」

美沙子は少し残念そうな顔つきで断わった上、逆に、そのやかん酒を上田から取り上げて、彼に勧めた。

「それじゃ〜、ママさんに、酒をたっぷりついでもらおうか」

酒をつがれた上田は、うれしさのあまり、得意の駄洒落《だじゃれ》を放った。

「きょうの花見酒は特別にうまいな。満開の桜の木の下で、『シック』で、『エレガント』で、しかも『チャーミング』で、『セクシー』で、それに『ビューティフル』なママさんから酒をついでもらえるなんて、とても『グッド』な『サンデー』だ！」

「よくもまあ、そんなにカタカナ語ばかり集めて言えるものですね」

と橋本が感心して言うと、美沙子は、「もう若くないのに、そんな風《ふう》に言われると恥ずかしいわ」そう言いつつ、「新年会でお決めになりました、温泉旅行の行程について、もう一度、お聞きしたいわ」

美沙子は、新しい話題を取り上げて、上田のお世辞をかわそうとした。

すかさず、上田が旅行の段取りを伝えた。

「旅行の日取りは、新年会のときに決めましたとおり、満天さんの定休日にあたる十月二十三日の月曜日です。朝の七時にトラさんがミニバンで、ロボさんと杉さんのご自宅にお迎えに行きます。その次が私の自宅になります。最後がママさんの満天になりますから、五人そろって下呂《げろ》に出発できますのは、おおむね八時ごろになるかと思います。翌日は、今、お話ししました逆の順序で、お送りすることになります」

「上さんが丁寧語で話をすると、おかしくて笑えてきますよ」

と小林が言うと、上田は、

「ママさんに対しては、当然の話し方だよ。つまり、『話します』、『話す』、『話すこと』、『話せば』、『話せ！』、ということだな」

「ここで、意味のない『五段活用』ですか？」

小林は呆れてしまった。

「ともかく、俺は淑女には優しく話すようにしているのだよ」

「まぁ～、淑女なんて言われると恥ずかしくなりますわ」

美沙子は顔を両手で隠した。

「でも、上さん、十月二十三日までには、あと半年以上ありますよ。上さんは、先ほど約束できるのは一週間先までが限界と、おっしゃっていましたよ。大丈夫ですか？」

小林は上田を皮肉った。

「そんなことを言った覚えはないな。ワッハッハ！」

上田は、とぼけるしかなかったようだ。

今度は、橋本が宿泊先の考えを説明した。

「泊まるところは、みんなと話し合って、和式の旅館に決めました。せっかく天然温泉に浸かるのですから、洋式のホテルよりも、露天風呂のある和式の旅館の方が情緒もあって、ゆっくりくつろげると思ったからです」

次に、車を運転する小林が行程を説明した。

「下呂温泉に行くには、郡上八幡とか中津川のインターチェンジを経由するコースもありますが、このたびは、美濃加茂のインターチェンジから国道四一号線を通るコースにしたいと思います。多少、紅葉には早い時期かも知れませんが、下呂温泉の近くで自然を満喫してから、旅館にはチェックインの三時までに到着する予定です。行きも帰りも、なるべく高速道路を利用して時間を有効的に活用したいと考えております。なお、帰りの火曜日は満天さんが開店する五時までには、必ず帰着するようにしますので、ご安心ください」

「何から何までお世話になります。皆さんとご一緒に旅行する日が、とても楽しみですわ」

橋本たちから温泉旅行の計画を聞いた美沙子は、満面に笑みを浮かべて、その日のくるのが待ち遠しそうな表情をしていた。

ここで杉田から一つの提案があった。

「旅行のときの幹事は、上さんにお願いしましょう。皆さん、いかがですか?」

全員の拍手で、あっという間《ま》に決まった。

「俺を幹事にするからには、ママさんを優先して男性はあと回しにするぞ！　皆の者、覚悟しておけよ！」

上田は幹事としての特権を早くも発揮した。

「ママさん！　上さんという最大の味方ができましたから、大船に乗ったつもりで、いらしてくださいね」

橋本は美沙子に心遣いした。

「ありがとうございます。もう、うれしくて感激の至りですわ」

美沙子は、恥じることなく橋本にウインクした。

このように花見の席で、秋の旅行について、話題が持ち上がっていたが、四時が近づいてきたので、橋本たちは花見会を閉めて帰る準備をした。何せ、美沙子の良人《りょうじん》や仲居たちが、満天の開店準備をしてくれているにしても、女将の美沙子には五時までに店に立ってもらわなければ、示しがつかないからである。

遊歩道を横断して道路側に出て見ると、ちょうど、流しのタクシーが二台、客待ちをしていた。その一台に上田と杉田が乗り、もう一台に橋本と美沙子が乗って帰ることになった。なお、小林だけは息子夫婦に生まれた初孫を見に行くとのことで、タクシーには乗らないで、単独行動を取ることになった。

小林は、橋本の家庭と同じで、一人息子しかいない。その息子夫婦に、つい最近、子供が生まれたのである。本来、孫の一人や二人くらいいても、おかしくない年齢である。このたびの、初孫の誕生で、うれしさが込み上げている様子が、橋本にはよく分かる。眼の中に入れても痛くないとは、このことであろう。

その孫は、統計的にも一番多い大潮の満潮時に生まれたそうだ。不思議なもので、妊婦の身体《からだ》は月のもたらす引力による潮の満ち引きで、出産する時間が決まるという。それが現実となったそうで、しかも、男の子であったから内孫にあたるため、小林は、うれしくて、息子夫婦が在宅している日曜日には、家庭訪問して孫をあやしているという。本日が、その日曜日である。

更に、小林にとって、喜ばしいことに、息子から孫の名付けを頼まれたという。名付け親になるからには、生まれた日から二週間以内に名前を決めて、出生届を役場の戸籍係に提出しなければならない。その義務を果たすために、小林は名づけの専門書を参考に、運勢上の画数や呼び易さなどを、不眠不休で勉強して命名したそうだ。何しろ、名前は一生涯ついて回るものであるから、あとで子供から批判を浴びることのないように、慎重に命名したそうだ。

「それでは、皆さん気を付けてお帰りください。私はここで失礼します」

小林は橋本たちに、そう言い残して、孫におもちゃでも買い与えるのであろうか、商店街の方面へ歩いて行った。

◇

橋本と美沙子の乗ったタクシーが、満天の近くまで来たときのことである。美沙子が橋本の耳元でそっと、つぶやいたのだ。

「ロボさんは幸せですね。私は駄目なの……」

橋本はその意味するところがよく分からなかった。美沙子の言う幸せとは、橋本とキャッチ四人組との友人関係のことなのか？　それとも、橋本の夫婦を想像してのことなのか？　あるいは美沙子の良人《りょうじん》との関係が駄目なことなのか？　何を指しているのか、よく分からなかった。

「誰しも悩みの一つや二つはあるものですよ」

橋本は、さりげなく返事をしただけで、詳しくは聞かなかった。なんとなく怖かったからである。

その内、タクシーが満天に到着したときである。美沙子は降りる直前に、「お店に寄って欲しいわ」と誘ってきた。だが、橋本は、「もうこれ以上、お酒は飲めません」と断り、自宅に帰る旨を告げた。

美沙子は残念そうな顔をして、

「また今度なのね……」

と言い残して、タクシーから降りて店に向かった。

その美沙子の後ろ姿は、たとえようのない寂しさが漂っていた。橋本は、すぐにでも駆け寄って、強く抱きしめて上げたい衝動に駆られた。とはいうものの、彼女は人妻であるからして、それはタブーである。その上、店の周辺では人の気配も感じられていたので、橋本は、後ろ髪を引かれる思いで、タクシーを走らせてしまった。あとになって、彼は、美沙子には、すまないことをしたと、後悔している。それどころか、自宅に戻ってからも、美沙子の、あのときの言葉が耳から離れなかった。

『ロボさんは幸せですね。私は駄目なの……』

あんなに愛嬌があって、よく笑う美沙子であっても、何らかの苦難を背負っているようなので、それが何であるのか、橋本は瞼を閉じて暗中模索するのであった。

人は、必ずといっていいほど、幾つかの苦難を背負っている。それと分かっていても、他人が何もしてあげられない歯がゆい事情もある。それが、そのときの橋本であって、これも運命のいたずらだとしたら、あまりにも悲し過ぎる出来事であった。しかも、最近の橋本自身においても、細君との不仲が、とみに膨らんでいる状態であるし、親友の上田は上田で、五年前に離婚している。従って、美沙子も良人《りょうじん》との関係で、何らかの苦難を抱えていたとしても不思議ではないと、橋本は想像するのであった。

そうはいっても、想像した考えとは裏腹に、心の優しい美沙子には、そんな苦難を抱えて欲しくないとの、否定の気持ちも強く働くのであった。同時に、ますます彼女への一途な思いが、橋本の胸を焦がすのであった。いっそのこと、彼女の元へ行きたいと思うのであるが、橋本には出ては行けない暮らしがここにあった。

そんな捕らえどころのない心境に陥っている橋本でありながら、きょうのきょうまで、無我夢中で美沙子にときめいていたのは、偽りではない。それなのに、いつか彼女が、どこか遠くへ行ってしまいそうな不安感と焦燥感に苛《さいな》まされるのであった。

このように、橋本は揺れ動く美沙子への愛しい感情を引きずりながら、この先も生きて行かなければならないのだろうか？　どうしたら、意中の人と心が通い合うことができるのであろうか？　思案に暮れる日々が続くのであった。

けれども、秋の温泉旅行では、精一杯、美沙子を楽しませて上げたいと、橋本は心に誓った。そうすることが、いつも優しく、ほほ笑んでくれる美沙子への恩返しになると思うからである。

あいびき

橋本政雄は、花見会が終わったあとの、一幕《ひとまく》が、気になって仕方なかった。夜も気がかりで眠りが妨げられていた。

それは、美沙子がタクシーの中で、『ロボさんは幸せですね。私は駄目なの……』と言った真意である。それを忖度《そんたく》するのは今しかないと考え、ついに、彼は彼女の携帯電話に電話をかけてしまった。その電話番号を知っていたのは、いつだったか、息子の義男が、七五三のお参りをした帰りに、政雄の自宅に寄るとの連絡を受けたときがあった。そこで、政雄もお祝いをしてやろうと、満天に予約を取っていたのである。だが、美沙子の良人《りょうじん》の実家に不幸があって、その日は、店を臨時休業するとの電話連絡を受けたのである。そのときの着信履歴を保存して置いていたのである。

「突然、電話を掛けて申し訳ありません。橋本政雄です」

電話口に出た美沙子は、一瞬、驚きの声を上げた。

「まあ！　ロボさんなの！　どうしたのですか？」

橋本は、美沙子に電話番号を知っていた経緯《いきさつ》を説明した。そしたら、彼女は、すぐに納得してくれて、この橋本からの電話に、決して嫌がる様子でも無く、むしろ喜んでいるかのような受け止め方であった。

本当のところ、橋本は、この電話をするときまで、不安と期待が入り交じっていたのであるが、その美沙子の、うれしそうな声が聞けたので、まずは安堵したところである。

「実は、次の月曜日に私と遊びに出掛けませんか？」

橋本は、単刀直入に美沙子を誘った。その月曜日は、美沙子の店が定休日であることを知っていたからである。

そしたら何のことはない。美沙子は、あっさり了承してくれたのである。これまで、二人だけで会うのには、疑心暗鬼の念に囚われていた橋本であったが、美沙子から色よい返事がもらえて、喜びが頂点に達した。それこそ、案ずるより産むが易しであった。

同時に、この電話での誘いによって、橋本の胸に籠《こも》っていた美沙子への恋慕の情が、まざまざと露呈してしまった訳であるが、そんな恥じらいみたいなものは、彼女の色よい返事を受けたことで無用となった。それこそ、橋本の誘いに美沙子が応じてくれたのは、彼女も橋本に密かな恋心を抱いているのが分かったからである。そのことで、小心者《しょうしんもの》の橋本は、この、大きな喜びによって、早くも美沙子の面影が眼前に迫ってきて、まるで白日夢《はくじつむ》を見ているかのような状態であった。まさしく、橋本は美沙子に恋の魔法をかけられたかのようだった。

それほど、彼は、この日まで美沙子の殊勝な人間性に、ほだされていたからこそ、思い切って己の真情を電話で吐露《とろ》してしまった訳であり、そこには後悔の念なぞなく、一点の偽りもなかった。

そもそも、美沙子との最初の出会いのときでも、橋本は自分勝手に縁《えにし》を感じていたし、それ以来、寝ても覚めても彼女に恋い焦がれ続けていた。それこそ、美沙子には橋本が存在し、橋本には美沙子が存在すると、一途に思い込んでいた。更には、美沙子に会うために生まれて、きょうがあると、信じていたのである。

思えば、若かりし頃の橋本は、いくつかの恋をしたこともあった。それが今ごろになって、またも芽生えてしまったのである。それだけ、恋愛に飢えていたのである。それゆえ、確実に言えることは、恋愛には年齢の上限が無いということである。年を取っていても悪くはないのだ。

何せ、自然界の鳥や虫でも、恋に焦がれて鳴くのだから、彼が美沙子に電話したのも、何を隠そう、ごく自然な求愛としてのワンシーンだったと言えるのである。これからの橋本は、美沙子に献身的に接することで、確実に彼女のハートをつかみ取りたいと思っている。そして、一刻も早く幸せになりたいのである。

人から『そんなに幸せばかりに、こだわらなくてもいいのに……』と皮肉を言われそうだが、橋本は、どうしても幸せの形《かたち》というものに、執心してしまうのである。それは、長く続いている細君との不仲が、彼をそうさせているのかも知れない。もし、細君と美沙子とを比べるとしたら、やはり、美沙子のほうを選択してしまうのは、間違いないだろう。

それでは、橋本が望む幸せの前提になるものは、一体、何だろうか？

それは、『ポジィティブな生き方をすることが幸せなのか？』

それとも、『心身の健康だけが幸せなのか？』

または、『他人が不幸のときにしか、幸せを感じないものなのか？』

はたまた、『ただただ祈ることが、幸せにつながるものなのか？』

幸せの正体は、からきし、つかみどころがなくて、やるせなさを感じてしまうが、意外と、幸せなんていうものは、気の持ちようで決まるものなのかも知れない。何がどうであれ、己が幸せと決めつければ、それが幸せなのだ。橋本からしてみれば、「痘痕《あばた》も、えくぼ」の美沙子である。幸せという不思議な幻影をつかみ取るのには、何も苦にならないはずである。

一方、美沙子は橋本に対してどんな感情を抱いているのであろうか？　電話口の受け答えからすると、橋本の誘いを心待ちにしていたようだし、それも橋本と同じように、あいびきの関係と知りつつ、誘いに応じてくれたとしか思えない。橋本は美沙子の心の中に忍び込んで、本当の気持ちを確かめてみたくなった。

何はともあれ、橋本は美沙子に電話したことによって、彼女への恋心を吐露《とろ》してしまった訳であるが、これは起こるべきして起こった出来事と言える。それは、長いあいだ、美沙子への熱い恋心が、つのっていたことに加え、運命の赤い糸で結ばれているとの予感がしていたからである。それは、美沙子の橋本への、ほほ笑みや、まなざし、そして、細やかな仕草や、優しい話し振りから、感じていたのである。

だが、よくよく考えてみると、橋本は美沙子から色よい返事を受けたのに、そのうれしさとは裏腹に、この先、厳しい試練が待ち構えているのを、それとなく感じていた。なぜなら、完全なる、あいびきであるからだ。彼は、やけどを覚悟の上で、逢瀬《おうせ》に臨んだのである。しかも、恋愛には、苦しみや悲しみが、付きまとうものであると、無理やり正当化するだけであって、未来の予測など深く考える必要はないと、ただただ、厚顔無恥になっていたのである。更には、美沙子に一刻も早く会いたくて、気が急《せ》くのであった。

ともあれ、四月十日の月曜日に、名古屋駅前の展望ラウンジで待ち合わせする約束が叶ったのである。

ついに、美沙子と待ち合わせするときがやってきた。この日は、あいにく朝から雨が、ぱらついていた。

橋本政雄は、ときめく心を抑えながら、待ち合わせの場所に自家用車で向かった。

そして、高層ビルディングの地下駐車場に到着した時刻は、約束していた一時の二十分前であった。そこからエレベーターを利用して、最上階の展望ラウンジまで昇った。

一歩、店内に足を踏み入れてみると、そこは落ち着いた雰囲気の中に、ＢＧＭでポール・モーリアの「恋はみずいろ」という曲が流れていた。ポール・モーリアは、「ラブ・サウンドの王様」と呼ばれるくらいイージーリスニング界の第一人者であり、その洗練された心地よい旋律にマッチするかのように、あちらこちらで若いカップルたちが、楽しそうに語り合っていた。

橋本は、空いていた窓辺のテーブル席で、美沙子を待つことにした。

ここは、高層ビルディングの最上階であるが故に、窓越しから見下ろした景色には驚嘆してしまうものがある。雑踏の中の人間たちが、小さな蟻のように見えるし、ビルディング群の谷間を走る車両も玩具《おもちゃ》のように見えて、普段、身近なところで発生している痛ましい交通事故とは、無縁な場所である。しかも、この展望ラウンジでは、本日の雨と風の音も全く聞こえてこない。完全に都会の喧騒《けんそう》から解き放たれた憩いの空間である。

ついに、美沙子が店内に入ってくるところが見えた。

「お待たせしました。お誘いくださって、ありがとうございます。この日を楽しみにしていましたのよ」

着いて早々、美沙子は椅子の横で立っている橋本に、笑顔であいさつした。

「私も、きょうの日を楽しみにしていました。本当に、お忙しい中、ありがとうございます」

橋本も礼を言って頭を下げた。

このあと、二人はテーブル席に向かい合って座ると、店員がオーダーを聞きにきたので、橋本はコーヒーを、美沙子はココアを注文した。

最初に橋本が話し出した。

「このたびは図々しく、お誘いして申し訳ありませんでした。どうしても美沙子さんに会いたさ見たさが先だってしまい、自制心が利かず電話をかけてしまいました」

「とても、うれしかったですわ。私は、いつもロボさんからのお誘いを願っていましたのよ」

美沙子は橋本に熱い視線を投げ掛けて、感謝の言葉を述べた。

ここまでが二人の短い会話であった。橋本は己の気持ちを素直に伝えられたことに、まずは安堵した。しかも、彼女が橋本に感慨深い言葉を投げ掛けてくれたので、ますます、うれしさが膨らんだ。そして、きょうの出会いは、決して奇跡ではなく、二人には相通《あいつう》じるものがあることに、確信した。なおも、美沙子の顔は、恋をしているかのような表情であった。

これによって橋本は、美沙子に、より一層、近づく足がかりを得たので、天にも昇る心地であった。

そんな橋本であっても、今年の九月十六日で七十歳になる。決して若くはない。このごろ頭にも少し白髪《しらが》が生えてきている男である。けれども、人間の恋愛感情なんていうものは、若者だけに限らず、それこそ、ひたむきな純真さと、情熱さえもっていれば、年齢に関係なく恋する権利があると考えている。老いこそ、怖いもの知らずで、己の気持ちを遠慮なく発揮できるのである。その行く手が、地の底であろうと、針の山が立ちはだかっていようとも恐ろしくないものだ。それに、恋が咲き誇れば、たとえ末路を迎えたにしても、それでも構わないものだとも、橋本は考えている。

今、こうして最愛の人を目《ま》の当たりにしている橋本は、彼女を大切な宝物《たからもの》にして、優しく寄り添って行こうと、肝に銘じるのであった。無論、誰からも『老いらくの恋』とは言わせないし、彼女を最後の人にするつもりでいる。そのためには、認められない逢瀬であっても、ほとばしる情熱と愛情をもって、末永《すえなが》く交際して行こうと、己に誓うのであった。

「きょうは楽しい、ひと時《とき》を満喫するために、近くの演芸場にご案内したいと思います」

橋本は美沙子に行先を伝えた。本当のところは、己の年齢からして、歌舞伎やクラシック音楽を鑑賞するのが、至極当然なことと思われる。だが、まだ若さが十分にあることを強調したくて、演芸場に決めていたのである。

「どうぞ、よろしくお願いします」

美沙子は、橋本を優しく見つめながら言った。その彼女の瞳に、橋本は虹を見た。たちまち、二人は、まなざしだけで心が通い合う仲になったと、確信できた。

橋本は、コーヒーを飲み干したあとも、この展望ラウンジで、美沙子と、もっと長く会話を続けていたかったのだが、前日に調べておいた演芸場の開演時刻が迫って来てしまったので、仕方なく勘定を済ませ、二人は車の止めてある地下駐車場までエレベーターで降りた。

そして、橋本は車の助手席に美沙子を乗せて、地下駐車場から車道へと出たときには、既に雨はやんでいた。

しばらく走行したところで、演芸場の近くにあるコイン駐車場に車を入庫して、二人は雨で湿った舗道を歩いて演芸場に向かった。そして、橋本は、演芸場の窓口でチケットを二枚購入した。そのとき、一緒にもらったパンフレットによると、本日の演目は、漫才と落語が中心に組まれていた。

一歩、場内に足を踏み入れて見渡してみると、ほぼ満席の状況であったが、どうにか、二人が並んで座れる場所を見つけることができた途端、二番太鼓の合図があって、定刻どおり開演した。

次々と出演者たちが、お笑いを振りまくたびに、美沙子は明るく大きな声で笑い、そして、拍手を忘れなかった。

「どうして男性は、大きな声で笑わないのでしょうか？」

と不思議そうに、美沙子が橋本に聞いた。

「元々、男性は声が低いし、女性ほどあっけらかんと笑う人は少ないですよ」

「それで、含み笑いをする人が多いのですね」

「恥ずかしながら、私もその一人です」

「どうしてですか？」

「男性は、大きく口を開けて笑う自分の顔つきに、少なからず羞恥心とか自制心が働くのでしょう」

「女性とは違うのですね」

「はい、男として虚栄を張りたいのかも知れませんね」

「せっかく、お笑いを見にきたのですから、殊勝な心がけはやめにして、素直に楽しい気持ちを表に出したらいいのにね」

「美沙子さんの言うとおりです」

橋本が、よく利用する温泉施設でも、ほとんどの男性客は無口である。例えば、男湯と女湯が壁で仕切られているような温泉施設に行ったとき、女湯のほうからはガヤガヤと話し声や笑い声が聞こえてくるのに、男湯のほうは沈黙の世界である。男は、根本的に笑ったり話したりするのが、苦手《にがて》な人間なのかも知れない。

これと同じようなケースが床屋でも言える。

待合室で散髪中の理容師と客を観察してみると、男の客の多くは、理容師から話し掛けられない限り、自ら積極的に話し掛ける様子はない。たとえ、理容師に話し掛けをする人がいたとしても、女性のように話が長続きしないのが普通である。どうも、男は女と違って、談笑するような人間ではなくて、無口を連綿と続ける人間のようである。全くもって、男は面白くない生き物である。

それはそれとして、美沙子は一つの演目が終わるたびに、椅子から立ち上がって、惜しみない拍手を送っていた。それだけではなかった。何と、親指と人差し指で輪にして指笛を鳴らしたのである。この指笛は沖縄地方では、それほど珍しい行いでもないようだが、この名古屋で指笛を吹く人は少ない。周りの客もびっくりして振り向いていたが、美沙子は、全く平気な顔をしていた。

橋本は、満天の店で働いているときの美沙子が本物の姿だと思っていたが、本日の彼女は、意外性のあるところを多く見せてくれた。これは、彼女が店の商売を忘れて、解放感と満足感を十分に味わっていたからであろう。と同時に、橋本への感謝の気持ちが込められているようにも思えた。

そんな美沙子の明るい性格に、橋本は、ますます惹きつけられてしまい、このつかんだ暖かい幸せが、長く続いて欲しいと願った。それこそ、彼女を恋することに、何の迷いもなかった。

二人は時間の経過を忘れて、大いに笑って大いに楽しんでいたので、瞬《またた》く間《ま》に終演の時刻になって、ハネ太鼓が聞こえた。これで、橋本は美沙子と離れることになると思うと、心残りで演芸場を、あとにするのがつらかった。もっと長い時間、一緒にいたかったのである。そんな思いを断ち切れないまま、演芸場を退場したとき、外は既に黄昏《たそがれ》どきであった。

帰り道、二人が入庫してあるコイン駐車場に向かって歩道を歩いているときに、

「きょうは、どうもありがとうございました。とても楽しかったわ」

美沙子は橋本の横顔を見つめながら礼を言って、いきなり彼の左腕を両手でつかみ、己の胸にあてがいながら歩いたのである。この彼女の所作に、橋本は人目《ひとめ》を気にするどころか、喜びが極限まで達してしまった。しかも、橋本の腕には彼女の乳房の柔らかさと温かさが伝わってきて、まさに夢心地《ゆめごこち》であった。

橋本は、この密着状態の恋人気分が長く続いて欲しいと願ったが、すぐにコイン駐車場に着いてしまった。その時間の速さが残念でならず、もっと遠いところに車を止めておけば良かったと思うほど、美沙子への熱い恋心が、頂点に達していた。そうであっても、きょうの目的である演芸を見終わってしまった以上、橋本は車を運転して帰路に就くしかなかった。そんな割り切れない気持ちを抱きつつ、車はコイン駐車場から出庫した。

途中、車がインターチェンジ付近に差し掛かったとき、夜を待てずに煌《きら》びやかに輝くラブホテルのネオンが、至る所に見えてきた。

「少しホテルで休憩しましょうか？」

橋本が助手席の美沙子に問い掛けてみると、彼女は無言で頷いた。すぐ近くに、中世ヨーロッパの城をまねたラブホテルが建っていたので、そこの専用駐車場に車を入れた。橋本は一階フロントの受付で料金を前払いして、部屋のナンバーキーを受け取り、美沙子とエレベーターで三階まで上がった。

預かったナンバーキーで部屋の扉を開けて中に入ってみると、そこは白で統一したメルヘンチックな室内が待っていた。まるで、おとぎの国を連想させるような、室内になっていた。

橋本は初めて美沙子の手を取って、白いベッドへと誘った。その彼女の小さな手は、まるでマシュマロのように、柔らかくて温かだった。二人がベッドに倒れこんで口づけをしたとき、橋本は美沙子の叙情的な口づけに陶酔した。こんなにも、触れた唇が甘く優しいことに……。

そのあと、美沙子は橋本の着衣しているものを、すべて脱がしてくれた。橋本は、女性から全裸にさせられたのが初めてだったので、気持ちが高揚して快感を覚えるだけで、恥じらいの気持ちは全く無かった。

入れ替わって、橋本も美沙子の着衣しているものを脱がしてあげるときには、彼女は、なされるがままであった。

そして、二人は、愛と命を激しく燃えさせたのであった。

もはや、橋本は美沙子の甘く熱い身体《からだ》に触れて、この事実が、すぐには信じられず、夢うつつの状態であった。もう、いつ死んでもいいと思うくらい官能の喜びに浸っていた。

興奮状態から覚めやらぬまま、どのくらい時間が経過したのであろうか？　覚醒した橋本は、先ほど美沙子の手を取ってベッドに誘ったときのことを思いだした。それは、手の小さな女性は、性格が大胆で、異性に対して、まめに尽くすと、よく言われていることを……。まさしく、美沙子がその人であった。

橋本は、ベッドの上で美沙子の温かい身体《からだ》や、静かな息遣い、そして、甘い香りを感じ取っていると、この幸せが窓の隙間から逃げて行かないようにと願った。

さりとて、二人が、これからどんな逆風にさらされるのか、心配の種も尽きなかったが、橋本は、このままずっと美沙子と甘美な関係を続けたいと願った。ただ、忍び逢いであるが故に、どうしても最悪の事態を連想してしまうのであった。そんな懸念を抱く彼は、部屋の天井に取り付けられている鏡の中の己を見つめながら、彼女との未来を占い続けていた。

しばらくすると、まどろみから覚めた美沙子が、ふくよかな乳房を橋本の胸に押し付けてキスをねだってきた。

そのとき、橋本は美沙子の背中に手を回して、キスの代わりに口を開けて、彼女の耳を塞いでやった。

すると、美沙子が、

「カチカチって音が聞こえるわ？」

と不思議そうに言ったので、

「それは、心臓に取り付けられている人工弁の金属音ですよ」

と橋本は教えて上げた。

美沙子は橋本の人工弁が規則正しく動いているのを感じ取って、少し感傷的になったようで、

「私の心臓の音も聞いて欲しいわ」

そう言って、身体《からだ》をずり上げて、橋本の片方の耳に、ふくよかな乳房を押し当ててきた。

橋本は二つの乳房のあいだに頭が挟まれて息苦しかったが、確かに美沙子の高鳴りしている心臓の鼓動を感じ取れた。

「ドックン、ドックンと……聞こえていますよ……。息苦しいから……どいてください……」

どうにか美沙子の胸の圧迫から解放された橋本であったけれども、今度は、とっさに唇

を奪われてしまった。

橋本は、美沙子が、こんなにも欲情を、しかも露骨に出す女性とは、想像すらしていなかった。だが、そこが彼女の純真さからくる最大の魅力だったので、ついつい彼女の欲情に押されてしまい、再び愛し合ってしまったのである。

――二人にとって、このまま時間が止まって欲しいとの願いがあったにしても、壁にかけられている白い鳩時計を見ると、そろそろ美沙子を自宅に送って行かなければならない時刻になっていた。

全裸の橋本は、美沙子の手を取って、ベッドからシャワー室に導いた。

シャワー室の中で、橋本と美沙子が向き合って身体《からだ》を洗い流しているときに、一瞬の驚きがあった。美沙子が橋本の持っているシャワーの手をつかんで、己の頭の上にかけて、涙を隠したのである。

きっと、美沙子は橋本との別れが、うすうす分かっていて悲しかったのかも知れない。その涙に橋本は気づかない振りをして、優しく彼女の身体《からだ》にシャワーを浴びせて、最後はバスタオルに包んで拭いてあげた。そのあいだ、美沙子は橋本のする行為に委ねていただけでなく、自分で衣服を着るときも、また、化粧をするときも、ずっと無言であった。

ようやく二人がホテルを引けて帰る途中、橋本はベッドの上で、天井を見つめながら考えていたことを美沙子に告げなければならないと思い、少し遠回りして、港の桟橋付近で車を止めた。そして、運転席の窓を開けて、大きく深呼吸をした。

そこは、静寂の中に潮の匂いが漂い、かすかに潮騒の音も聞こえてくるところだった。

橋本は、己のシートベルトを外してから、助手席で悲しみに暮れている美沙子の髪を優しくなでて、いたわってあげた。そして、彼女のシートベルトを外して己に引き寄せて、息ができないくらい熱い口づけをした。それこそ、橋本の胸の内が、悲しみと悔いと、そして迷いで一杯になっていたからである。そのような心境など、今更、言うまでもないことだが、美沙子を奪う勇気さえなくて、さりとて、与える徳行さえもない己が情けなかったからである。まるで、哀れな迷える羊のようであった。だから、この一回限りの、あいびきで、彼女から身を引くべきであると、ベッドの中で心の整理をしていたのである。

それは、あまりにも橋本の身勝手な考えであったが、これ以上、美沙子に深い傷を負わせるような関係を続けてはならないと、苦渋の決断を下したのである。それも、弁解じみたことを言うとするならば、彼は人であるが故に、人に恋をしたのであって、その恋は恋であるが故に、恋に泣く結果になってしまったのである。

つまり、彼は男女の恋愛関係で必須とする周密で周到な思慮に欠けていたから、悲恋に結びついてしまったのである。更には、美沙子の殊勝な人柄に、ほだされて、愛情表現だけを優先したため、重責を負う羽目に落ち込んだとも言えよう。それによって、彼女を泣かせてしまったのだから、男の恥である。もっと言うと、己のまいた種は、己で刈り取らねばならないのである。

今や、橋本には慰めの言葉は必要としないだろう。いわんや、美沙子を恋したために悲恋になってしまったと、たわごとを言って弁解することもできないであろう。答なら、すぐにでも出てくるはずだ。闘う相手は自分しかいないと……。

この期《ご》に及んでも、なかなか、別れ話を切り出せない苦しい胸中の橋本であったが、やっと、話す勇気が出た。

「……美沙子さん、私は反省しました。このようなお付き合いは、到底、報われません。私には遠い将来だけでなく、明日《あした》のことさえも、はっきりと見えてこないのです。別れは、命を縮めるほど、とても、つらくて悲しいものがありますが、どうか恨まないでください」

橋本は美沙子に己の気持ちを正直に伝えた。

当然、美沙子は、橋本の気持ちが、うすうす分かっていたようで、やっと、重い口を開いた。

「私は、ロボさんが思うほど、できた女ではありません。悲しいことに、両手で耳を塞いでいても別れのサヨナラが聞こえてきました。短いお付き合いでしたが、ロボさんを責めるつもりは毛頭ありません。生きて行くのが下手《へた》な私ですけど、これからは時の流れに委ねるしかありません。どうぞ、私を忘れて新たな旅路を始めてください……」

と美沙子が涙ながらに、己の気持ちを橋本へ返した。

実際、橋本が言い出した別れ話なのに、美沙子が忘れてくれなんて言うから、余計に忘れられない橋本であった。その矛盾する胸の内が実に恥ずかしく思えた。いつの世も、悲しみや苦しみで涙がつきまとうように、やはり、橋本と美沙子のあいだにも、別れの涙が待ち伏せしていたのである。命に終わりがあるのと同じように……。

もはや、二人は大粒の涙を流して話すことさえ忘れていた。

もしも、この浮世で壊れない愛の形があるとすれば、橋本は教えて欲しかった。そして、その願いが叶うならば、恥も外聞もかなぐり捨てて、一途に美沙子を愛し続けることだろう。そんな気持ちのことを「夢の浮橋」とでもいうのであろうか？　橋本にとって、無念にも、近くて、はるかな彼女の存在であった。

いずれにしても、橋本は、恋とか愛とかの誘惑に負けて、未熟な人間性を露呈してしまったのである。美沙子との恋を捨てると涙が騒いでしまうようだし、愛に生きようとすると、またも迷い続けてしまう男である。それこそ、優柔不断で臆病な彼は、恋愛するには似つかわしくない人物と言えよう。ましてや、幼子《おさなご》が、めそめそ泣いて、ぐずるように、彼もまた、そんな幼子と同じと言わざるを得ない。何せ、十九《じゅうく》や二十歳《はたち》で色恋沙汰に苦しんでいる若者ではあるまいし、あと数カ月で七十歳にもなろうとする大の男であるからには、恋愛で分別《ふんべつ》の判断がつかないようでは、愚か者と言われても仕方がなかろう。

本来、己の頭をこぶしでたたくなり、身の骨や肉を岩にぶつけてでも、犯した罪を反省しなければならないはずだ。しかも、美沙子は決して悪くない。悪いのは勝手に信じ込んで、勝手に誘い出し、勝手に媚《こび》を売った橋本である。それによって、彼女に深い傷を負わせたからには、再び彼女との恋愛の、やり直しはできないのだ。そのことを深く思い知らなければならないだろう。

今にして、橋本の半生を振り返って見ても分かる。彼は、今回のような後悔とか反省とかをする事件を幾つもしでかしてきた。しかも、自らまいた種で生き恥をさらし続けている。何度、人を傷つけたり己が傷ついたりしたら懲りるのであろうか？　全くして、難儀な男であり、はじけた男でもある。

――今にも、橋本は心が乱れて気が狂いそうになっていた。美沙子とは死ぬまで一緒と決め込んでいたから、もはや、生きて行くのが、虚無に思えてならなかった。

このように、橋本は美沙子との、とらえどころのない関係が、音もたてずに崩れたところから、うまく抜け出せないで、もがき続けている。しかも、彼は、この別れによって、美沙子と会えなかったときの寂しさや、会えたときの切なさを再び引きずる結果になってしまう。これも、あいびきであるが故のものであって、結局は、ため息と嘆きの悲しい結末になってしまった。

ただ、傷心に泣く橋本であっても、唯一、救えるものがあった。それは、今の今まで美沙子の魅力に心をときめかせ、慕い続けてきたことの、『実直さ』である。

だが、その実直さだけで生き抜いて行けるほど、世の中は甘くなかった。それに気づいたにもかかわらず、まだ懲りずに、きょうのような悲しい出来事は、川の流れに任せて、遠いかなたで静かに沈んで欲しいとの、身勝手さを持ち続けている。

ちなみに、橋本は九月十六日の生まれである。誕生日の花が「リンドウ」で、花言葉が、「あなたの悲しみに寄り添う」と言われている。だから、橋本は、心の中で、今の悲しみを誰かに救われたいと、性懲りもなく期待するのであった。

このように、橋本は恋愛ではネガティブに偏りやすいため、いつも己の未来を自ら窮地に追い込んでしまうようである。いわば、橋本は恋の切なさや愛のもろさに負けたのである。全ての始まりには必ず終わりがあるように、二人の別れも急ぎ足でやって来たのである。すなわち、たった一日だけで、その実直さは実らずして、水泡に帰したのである。それによって、気の毒にも橋本は、厭世的な気分に陥ってしまい、もはや、永遠なんていう言葉は通用しないだろうし、生きていることさえ忘れたい心境だろう。

結局のところ、橋本は、泡沫《うたかた》の恋に終わり、元の木阿弥《もくあみ》に戻ってしまった訳であるが、同時に、また一つ心の傷を背負い込んでしまった。その心の傷は、消したくても消えない過去であり、忘れたくても忘れられない葛藤と言えるだろう。

一体、いつになったら、彼は道草を食わないで、まっとうな道を歩むことができるのであろうか……？

このように、橋本の胸が病んでいるときに、一層、悲しみを込み上げさせるかのように、遠くかなたから緊急車両のサイレン音が、泣いているかのように聞こえてきた。そのとき、彼は心の中で叫んだ。

『美沙子さん！　愛なんて、残酷で嘘つきだから信じられません。でも、愛おしさだけは信じられます……』

と……。

悲しい余情に浸っている彼には、一つだけ願い事があった。

それは、美沙子がいつもの元気な笑顔を取り戻して、心に花を咲かせ、力強く生き抜き、己の分《ぶん》まで幸せになって欲しいことであった。必ず、温かい場所が見つかるはずだと……。

橋本は、くじけた心を立て直そうと、助手席の美沙子に、身体が折れるほど抱きしめて口づけをした。だが、彼女の唇はホテルのときに交わした口づけとは違って、冷たく乾いていた。こんなにも、悲しみは心と身体《からだ》を冷たい冬のような季節にしてしまうことに、橋本は嘆いた。そして、彼女を泣かせてしまった己を叱った。

しばし沈黙のあと、橋本は、この日、美沙子と展望ラウンジで待ち合わせしたビルディングの近くにあるタクシー乗り場まで送ることを美沙子に告げた。本当は、満天の自宅まで送り届けたかったのだが、そこには彼女の良人《りょうじん》が住んでいるので、無用な疑いを避けるために、やむを得ず、自宅から離れたところのタクシー乗り場に決めたのである。

帰る道すがら、美沙子は助手席で、ずっと無言のまま行きかうネオンを、うつろに見つめていた。

橋本は、この愛おしい美沙子を悲しませてしまう実に駄目な男である。今の時代、男らしさの概念が確立していないにしても、男には正しい判断力と、強い決断力こそ必要と知るべきであろう。更には、山より高い野心というものがあったとしたら、美沙子は黙ってついて来ただろう。そうしてさえいれば、橋本自身の価値が証明できただけでなく、ゆくゆくは美沙子と夫婦《めおと》になれて、満ち足りた日々が送れたはずであって、必ずしも、このような悲恋には発展しなかったはずである。

それなのに、今の今も、彼女を奪って何処か遠いところへ行ってしまいたい気持ちと、別れることも肝要との二つの気持ちのはざまで、いつまでも悩み続けている橋本は、実に甲斐性《かいしょう》の無い男である。これも、彼の得手勝手な、あいびきが災いしたのであって、ついには神からの罰として、十字架を背負わされてしまったと言えよう。いや、神ではなく、悪魔が仕組んだ罠に、はまってしまった結果なのかも知れない。

とうとう、車は目的地のタクシー乗り場に到着してしまった。これで、二人は永遠の別れになってしまうが、ここに至っても、まだ橋本には、叶わぬ夢が、くすぶり続けるのであった。

それは、『美沙子が話し掛けてくれなくてもいい……』と。

そして、『優しく見つめてくれなくてもいい……』と。

更に、『笑わなくてもいい……』と。

ただ、『ずっと、そばにいて欲しい……』と。

そうであっても、橋本の心中《しんちゅう》は、美沙子を忘れられるものなら、このまま全てを投げ出して、遠い街のどこかへ逃げて行きたかったただろうし、それとも、彼女を忘れて生きるための、強い男に生まれ変わりたかったただろう。更には、自分を律する力も欲しかっただろう。だが、その全部が、できなかったのである。

「さようなら……」

ついに、美沙子は別れの言葉を言い残して車から降りた。そこには、彼女の顔から、ほほ笑みが失われ、瞳は遠くにあった。

そんな美沙子の背中を見送った橋本は、つらく悲しかっただけでなく、己には懺悔《ざんげ》する値打ちも無い人間であることを思い知った。

美沙子が去ったあとの橋本は、苦渋に満ち溢れていたが、彼女への願いは、たおやかに凛々《りんりん》と強い女になって、誰のためでもなく自分のために、いつもの笑顔を忘れずに、生き抜いて欲しいことだった。

何と言っても、美沙子の笑顔が、橋本の笑顔だったたし、美沙子の真心が、橋本の真心だったからだ。

最後に橋本は、心の中で、こう叫んだ。

『こんな甲斐性の無い男を優しい笑顔で愛してくれてありがとう……』

橋本は、美沙子が助手席の背もたれに残していた、ぬくもりに、そっと手で触れてから、おもむろに車を発進させた。

この瞬間から橋本は、独りぼっちになった。非情にも時間は待ってくれないし、戻すこともできない。もうすぐ、明日《あした》がやってくる。明日からの橋本は、どうやって生きて行くのであろうか？

　やっとの思いで、車が深夜の深閑とした自宅に到着したとき、橋本は愛犬の頭を撫でながら、またも心の中で、つぶやいた。

『今でも近くに美沙子がいるような気がしてなりません……』

　重い足取りで二階の寝室にたどり着いた彼は、ベッドに横たわり、深く青息吐息をついて、むせび泣いた。更に、暗い夜と静けさが、一層、彼を泣かせるのであった。

　傷心のさなかにいる橋本は、無性に死にたくなって、机の引き出しからカッターナイフを取り出して、左腕の静脈の血管を縦に沿って切ろうとした。時間をかけずに、出血多量で完全に死ねる方法である。

　そのとき、後ろから『馬鹿者《ばかもの》！』と、大きな声がした。驚いた橋本は右手に持っていたカッターナイフを床《ゆか》に落としてしまった。恐る恐る声がしたほうに振り向いて見ると、そこには怖い顔をした父親が立っていた。橋本は震える身体《からだ》で父親を見つめていると、父親が、すっと消えてしまった。

　それは、一瞬の夢だった。父親は二十年前に死んでいる。

　恋に溺れて狂おしい思いに悩まされ、死ぬ覚悟でいた橋本だったが、やっとの思いでベッドから立ち上がり、落したと思われるカッターナイフを探したが見つからなかった。

そして、机の引き出しを開けて覗いてみると、そこには、いつものカッターナイフが納められていた。

夢であったことを見定めた橋本だったが、相も変わらず、悩みの悩みで悩み続けるのであった。もしも、こんな夢遊病患者のような彼に救いの手があるとすれば、それは、きつい酒しかなかろう。だが、それで酔ったにしろ、答は一つ。美沙子とは一緒になれないことが分かっている。それは悲しい定めとして……。

今夜の橋本は、氷河期のような冷たく静かな部屋の中で、懊悩煩悶《おうのうはんもん》することであろう。

見上げた天窓からは、月の明かりが冷たく差し込んでいた……。

白内障とシニア大学

初夏を感じさせる六月の朝である。

その季節とは裏腹に、橋本政雄の心の季節は、相変わらず暗く寂しく冬のように凍えていた。その凍えは、「孤独」から起きているものなのか、あるいは「孤立」から起きているものなのか定かでないが、ある意味、孤独でも孤立でも、両方とも橋本の犯した罪を反省させるための警告のような気がする。いわば、嵐で無人島に漂着して助けを求める船員のような日々を背負わされているようにも思われる。そのため、橋本の心が、本日のような心地よい朝にならないのである。原因は、言うまでもなく、あいびきしたが故の罰である。

橋本は、心の平穏を得たいがために、こう決めるしかなかった。「あるがままの人生を、あるがままに生きていくしかない」と……。

これこそ、自戒の念を込めることのない、得手勝手な考え方であった。それというのも、もはや、きれいごとを言える立場ではないことが分かったからである。もう、これ以上、打開策を暗中模索しても無駄に思えたのである。この先、美沙子に対して、押しの一手で突き進むのか、または、卑怯であっても逃げの手を打つのか、その二つに一つしかないと自己暗示したのである。

——橋本は、長く続いている美沙子との苦し紛れの状態から逃げ出したくなって、四月の花見以来、音沙汰のない親友の上田次郎に電話をかけてみた。

「もしもし、橋本です」

「ロボさんか？　元気かい？　俺はボケてしまったぞ！　頭じゃなくて眼がボケたんだよ。それで、このあいだ白内障の手術を受けたんだ」

開口一番、上田は冗談交じりの会話から始まった。

「だから、私たちに連絡をしてくれなかったのですね？」

「大事を取って養生していたんだ」

「その白内障の手術は無事に済んだのですか？」

「ああ、通院だけで終わってしまったよ」

「それは良かったですね。それで、今まで何をしていたのですか？」

「毎日、家の中でクラシック音楽を聞いていたよ」

「そのクラシック音楽といえば、病院や役場でも流しているところがありますね」

「ああ、俺が世話になった病院でも、手術中にチャイコフスキー作曲の『白鳥の湖』が、天井のスピーカーから流れていたよ」

「それは手術中の患者をリラックスさせるためですね」

「そうだ。ただ、残念なことに手術が、あっけなく終わってしまったので、俺は手術の結果には満足できても、『白鳥の湖』を最後まで聞けなかった不満が残ってしまったよ」

クラシック音楽には目が無い上田は、更に、こんな風に言った。

「俺は、家の中で〈クラシック〉音楽をレコード盤で聞いていたけど、その〈クラシック〉のレコード盤が〈クラシック〉になってしまったので、CDで〈クラシック〉音楽を聞いて、〈クラシック〉のレコード盤は、お蔵入りにしたんだよ」

上田はクラシックのオンパレードで駄洒落《だじゃれ》を飛ばしてきた。

今や、時代の進歩によって、レコード盤は衰退してしまい、CDが主流になっている。そのため、上田は買い替えたCDで、クラシック音楽をずっと聞いていたのである。

「レコード盤は、針で雑音が生じてしまうけど、CDは光で音を出しているから雑音の無いところがいいな。しかも、高価なダイヤモンドのレコード針を買わなくて済むし、寝ていながらにして、リモコンで聞ける便利さもあるから助かるよ」

更に上田は、こう言った。

「俺は、古典派のベートーヴェンが作曲した曲も好きだが、ロマン派のシューベルトのほうが一番好きだな。このことは、ロボさんも知っているだろう?」

「ええ、何度も聞かされていますので知っていますよ」

「そのシューベルトの作曲した交響曲の七番とも八番とも言われる『未完成』という曲が、俺は一番好きなんだ。通常、交響曲は第四楽章まであるのに、この曲は第二楽章までしかないが、間違いなくクラシック音楽のだいご味が得られる名曲中の名曲だよ。本来あるべき第三楽章と第四楽章を聞きたいところだが、作曲の途中だったのか、それとも、途中で作曲を諦めてしまったのか、俺はよく知らないが、ともかく、クラシック音楽に精通している人であれば、この曲の素晴らしさは認めざるを得ないだろう。中でも、俺はベルリン・フィルハーモニー管弦楽団の演奏が一番好きだ。繰り返し聞いていても飽きないし、シューベルトが生きていたころの時代に誘われたような感じがして、毎日、満ち足りた気分で聞いていたよ」

　このクラシック音楽に対する上田の感受性には、橋本も大いに共通するところがある。橋本も、独り静かに無の境地になって、自室で演奏者が奏でる一つひとつの楽器に耳を傾けながら聞くことが好きである。これぞ、成熟した大人に、ふさわしい音楽であると、信じてやまない。いずれ、クラシック音楽に無関心な人たちも、年を重ねさえすれば、交響曲だけでなく、協奏曲やソナタなどの美しい旋律に開眼すると、橋本は思っている。

ここで、橋本は上田に聞いた。

「一日中、クラシック音楽ばかり聞いていたのですか？」

「いや、日本人の心に沁みついている演歌も聞いていたよ。何しろ、演歌もクラシック音楽と同様、俺の心を癒してくれるしな。それに、演歌は俳句や短歌と同じ七五調の歌詞になっているので、感情移入しやすい特徴もあるし、俺の人生観が変わるような気がしてならないよ。それに、演歌の本道と言えば、何と言っても歌詞が、しっかり聞きとれてこそ演歌なのだから、歌詞がよく聞き取れないような、そんじょそこらのダサい歌とは大きな違いがあるのだよ。俺は、偶然にして歌手の『天童よしみ』と誕生日が一緒なので、なおさら演歌に親近感を覚えているんだ。中でも、彼女の持ち歌で俺が一番好きなのが、『あんたの花道』という曲だな。これまでに、何度も聞いているから、歌詞を全部覚えてしまったよ。それだけじゃないぞ。俺は、レンタル店で、曲を選曲するときには、作曲者よりも編曲者に重きをおいているんだ」

「それはどうしてですか？」

「ほとんどの人は、曲全体が作曲者の作ったものと勘違いしているようだが、実は、作曲者なんてメロディーを考え出しただけであって、誰にでもできる簡単な仕事だと思うよ。

その点、編曲者は、作詞者が意図する心を汲み取って、曲の展開とか楽器の種類などを決めているし、伴奏も付けて曲を完成させるなど、重要な働きをする人物だ。それこそ、曲がヒットするのも、しないのも編曲者の知識と経験が決定づけているのだよ。だから、俺は作曲者よりも編曲者を重要視しているし、大いに尊敬もしているんだ。もう、これまでのように作曲者ばかり持ち上げる必要は無いと思う。何と言っても、音楽界の中心人物は編曲者だよ」

「でも、編曲者の存在は、あまり目立ちませんね」

「そうなんだよ。編曲者は世界観をもって、一生懸命、曲作りに携わっているのに、悲しいかな金銭面のみならず、存在価値も低くみられているようだな。そうであっても、俺は演歌を聞くときには、作曲者や歌手の名前なんか度外視して、知っている優秀な編曲者が携わった曲を、レンタル店で借りるようにしているんだ。当然、いい曲に仕上がっているよ。しかも、うれしいことに、演歌の編曲者の中には、オーケストラ風の旋律を醸し出すほどの素晴らしい才能を持った人がいるんだ。ゆくゆくはクラシック音楽の分野で実力を発揮して欲しいと、俺は陰ながら応援しているんだ」

「編曲者は、音楽界の中心人物なのですね」

「そのとおりだ。これからは、マスメディアも曲の制作者を紹介するときには、一番目を編曲者にして、二番目を作詞者で、作曲者は最後の三番目か、それとも、今の編曲者が冷遇されているのと同じように、名前を取り上げなくてもいいと思っているんだ」

「果たして、そんな風になるのでしょうか？」

「いや、日本の法律によると、作詞や作曲には著作権が発生するけど、編曲は二次的な著作ということになっているようだな。それにより、編曲者は金銭面や存在感で不利な立場に置かされているのだよ。その内、編曲者の存在が重要かつ不可欠であると気づいた人たちが、必ず世の中に増えてくるはずだし、そのときこそ、音楽界は今の古い制度から脱却して、編曲者を中心とした新機軸を打ち出すことに、俺は期待しているんだ」

「そうなるといいですね」

「ああ、日本の編曲者に希望の光が当たるようになれば、必然的に編曲者の人数は増えてくるはずだ。その中から、シューベルト作曲の『未完成』を超えるような名曲が、多く生まれてくるのを、俺は待っているのだよ」

ここで上田の長い音楽観の話が終わった。

「ところで、白内障の手術は、いつしたのですか？」

橋本は上田に聞いた。

「花見会が終わったあとに手術したよ。元々、一年くらい前から白内障の症状が進んでいると感じていたので、改めて眼科で受診したんだ。そこで、さまざまな検査が行われた結果、やっと、手術することに決まったんだ。俺は待ってましたとばかりに喜んで、『手術の日が楽しみです』と言ったら、医者が、『普通は怖気《おじけ》づいてしまう人が多いのに、そんな風にいう人は初めてだな』と言われたよ。そばで聞いていた女の看護師は笑っていたものさ」

上田は自慢げにエピソードを話した。

「その白内障の手術って、危険だとは思わなかったのですか？」

更に橋本は聞いた。

「いや、俺は全然、怖くなかったよ。その内、ロボさんも眼の水晶体が濁ってくるはずだ。医者が言うには、七十代の八〇パーセントくらいの人が、白内障になっているそうだから、ロボさんも手術をしなければならないときが、必ずくるはずだ。しかも手術すると周りが良く見えるから､死んでいなくても生き返ったような気分になれるぞ！　ワッハッハッ！」

上田は橋本に白内障の手術をするように、笑って、けしかけてきた。

この白内障とは、年を重ねれば重ねるほど、眼球にある水晶体が濁ってきて視力が低下してしまう避けては通れない眼の病気である。それを治療するには、濁った水晶体を人工の水晶体に置き換えるのである。一週間おきに片目ずつ二回に分けて手術するのが一般的のようだ。手術は通常十五分ほどで終わるようだが、術後は眼球に、ばい菌が入らないように注意を払わなければならない。

更に、上田が、

「ロボさんが心臓手術で人工の弁に置き換えたのと同じように、俺も白内障手術で人工の水晶体に置き換えたのだから、身体障害者手当てを支給してもらいたいところだな」

「その程度の手術では身体障害者には該当しませんよ」

「そんなじゃ、手術して日差しが眩しくなっているのに、サングラスも買えないじゃないか！　死んでしまえば銭はかからないけど、生きている内は銭が必要なのさ」

「冗談はそのくらいにしてください。ともかく、上さんが元気でいらっしゃることが分かって安心しました。久方ぶりに上さんの声が聞けたので、ずいぶん、長話になってしまいましたね。今度は私が幹事になって、一席設けましょうか？」

「それは、ありがたいな。俺はいつでも出席するよ」

「その日には、みんなに白内障の手術を詳しく話してくださいね」

「ＯＫ！」

◇

翌日の朝方、橋本政雄は、キャッチ四人組の一人、小林利夫に電話をかけた。

「おはようございます。橋本です。この時間帯は新聞配達が終わっていると思いまして、電話しました」

「ええ、いつも配達は六時前には終わりますよ。先ほど、朝食を済ませて、今はテレビを見ていたところです。ところで、いつもなら上さんから電話が入るのに、きょうはロボさんからだと、何か問題でも発生したのですか？」

「いいえ、そうじゃありません。昨日、上さんに電話したところ、花見会が終わってから白内障の手術をしたとのことで、二カ月近くも自宅で養生していたそうですよ」

「あの行動派の、上さんが、よくも長く、じっとしていられたものですね」

「上さんは、いつも強気な発言をしますけど、意外と慎重なところもあるのですよ。それだけじゃありません。私にも白内障の手術をするように勧められました」

「へぇ～、いかにも上さんらしいね。それで、手術して完治したのですか？」

「ええ、もう大丈夫のようでした」

「今度、会ったときには、こちらのほうから冷やかしてみましょうか？　例えば、『眼が良く見えるようになって、ますます女性に魅せられていることでしょうね』とかですよ」

「そのくらいの冷やかしでは、効き目が無いと思いますよ。上さんのことだから、『手術前のほうが女性の皺《しわ》に気づかなくて良かった』と言われて、こちらは負けるだけですよ。口には勝てません」

「それは悔しいですね。実は、私も上さんと同じように病院のお世話になっていました」

「えっ！　どうかしたのですか？」

「私の頬のところの染みが大きくなってきたので、液体窒素で消す治療をしてもらうように妻から言われまして、皮膚科に通院していました」

「その結果はどうでしたか？」

「ええ、五回ほど通院しただけで、染みは奇麗に消えました。少し若返ったような気分になっています」

「それは良かったですね。ところで、きょうトラさんに電話しましたのは、上さんとの話の中で、たまには私が幹事になって一席設けることに決まったので、その日取りを決めるためですよ」

「それには、大賛成ですが、その会合の日は、なるべく土曜日か日曜日にしてくださいませんか？」

「それは、どうしてですか？」

「まだ一週間しか経っていませんが、私は、この六月からシニア大学に通い出したのです。

近い内に、キャッチ四人組には、知らせるつもりでいましたけどね」

「それはおめでとう。新年の抱負が実現した訳ですね。敬意を表しますよ」

「ありがとう。遅まきではありましたが、たとえシニア大学でも卒業できれば、自己満足するだけじゃなくて、妻や息子に自慢話ができます」

「何よりですね。次の会合のときには、シニア大学について、詳しく教えてくださいね」

「分かりました」

そのあと、橋本政雄は、小林利夫と取り決めした会合の日取りを、杉田真治に電話で伝えたところ、快い返事が返ってきたので、満天に電話して予約を取った。その会合は、今月六月十一日の日曜日の六時に、満天で行うことを上田次郎に伝えた。

◇

しばらくぶりに、タクシーでキャッチ四人組が満天に到着すると、女将の美沙子は、うれしそうに迎えてくれた。

「あれ！　ママさん髪を切ったのですね」

上田は、すぐに気づいた。

「ショートカットにして、すごく若返りましたね。三十代に見えますよ」

上田は感想を述べた。

「あらまぁ～、上さん着いて早々よく言えますね」

「本当のことを言っただけですよ」

「どうもありがとうございます。上さんから、うれしいお言葉を頂いて、感謝感激ですわ」

美沙子は、上田の、いつもの慣れた、お世辞と分かっていたが、礼を言った。

そのあと、美沙子は小林のほうを見て言った。

「今、気が付きましたけれど、トラさんのお顔、お奇麗になりましたね」

「ええ、皮膚科で染みを消してもらうように妻から言われてやりました」

「それで、お奇麗になったのね。さぞ奥さんお喜びになったでしょうね」

「ええ、私も結果の良さに、びっくり仰天しています」

すかさず、上田が二人の会話の中に入り込んできて、美沙子に聞いた。

「ママさん！　どんな心境で髪を切ったのですか？」

「上さん！　そのようなことを聞いては、いけません。女性は髪が命と言われるくらいですから、さまざまな事情や願望につながっているのです」

と杉田が上田に忠言して、美沙子を擁護した。

それに対し、上田は愚問を呈したことを反省したようで、首をすっこめて照れ笑いした。

このとき橋本は思った。美沙子が髪を切った本当の理由は、己との泡沫《うたかた》の恋で追い詰められた結果ではなかろうかと……?

たとえそうであったにしろ、彼女が、ますます美しくなり、ますます優しく見えるのは、女の性《さが》から生まれてくるものであろうか?

いずれにしても、橋本は、美沙子との、あいびきで、人生に汚点を残したことに間違いがないのだから、二度と同じ過ちを犯してはならない立場に置かれている。それを忘れてはならないのである。

早速、美沙子が橋本たちを二階の座敷に案内してくれた。そのとき、美沙子は一番あとから座敷に入ろうとした橋本の腕をつかんで、ウインクをしてきたのである。だが、橋本は、それを無視した。

幸い、美沙子に腕をつかまれたことと、ウインクされたことを、キャッチ四人組の面々に気づかれずに済んだので、橋本は、ほっとした。そのあと、橋本が、

「きょうの集いは、上さんが白内障の手術をした結果と、トラさんがシニア大学に入学した報告会です。ママさんも聞いておくと参考になりますよ」

美沙子は橋本の期待外れの言葉にがっかりしたようであったが、すぐさま気を取り直し

て、

「それは楽しみですわ。早くお料理を持ってくるようにします」

と言って、そそくさと一階の調理場に下りて行った。

美沙子は、この期《ご》に及んでも橋本への未練心が、くすぶり続けているようだが、橋本と同じように、くすぶっている。さりとて、先般、お互いの幸せのために、けじめをつけて離別した二人なのだから、橋本は再び逢瀬《おうせ》を重ねたくても許されないと分かっている。それで、彼女のウインクを無視せざるを得なかったのである。

実際、橋本だって美沙子とは春風のような束の間の、あいびきだったので、もう一度、あのときの喜びを手繰《たぐ》り寄せたい気持ちが、無い訳では無い。別れたつもりでいても、まだ身体《からだ》の中に余韻が残っているので、よみがえらせたいのは山々であろう。

美沙子のほうと言えば、一度だけでも橋本と性的な関係を結んだことで、一途な傾向に走っていると考えられる。そのときの誘因となったものに、彼女の心が乱れていたのか、それとも、何かうれしいことがあったのか、そのどちらかによって、性的衝動に駆られてしまったと思われる。その結果、もう他人ではないとの感情が芽生えてしまったのであろう。だから、この先、橋本は、美沙子からもっと強い誘惑を受けたとしたら、再び彼女に最接近してしまいそうである。このように、難儀な男女間の関係になってしまったことは、美沙子に熱く迫った橋本の責任と言えなくもない。

ここでまたも、あの日の出来事が思いだされた。橋本は美沙子と演芸場に行ったとき、彼女が芸人に喝采を送っている姿を見て感動していたものである。また、彼女とホテルで甘い関係に酔って我を忘れたこともあった。そのときの精神状態といえば、すべてを投げ出してでも、美沙子と夫婦《めおと》になりたいと、一心不乱になっていたものである。もう、あのときの熱愛を超えるものはないと思っているが、今もって、こらえようのない愛おしさで満ち溢れているのも事実であろう。そのため、禁断の、あいびきと分かっていても再び火を付けることができるものなら、そうしたいとの心情も潜んでいる。

まだまだ、橋本の心中《しんちゅう》は矛盾の塊だらけであって、美沙子と逢瀬を重ねたい気持ちと、それを諦めるべきとの気持ちの両方で葛藤している。

本当のところは、神かけた誓いを破って、美沙子のウインクに沿ってあげたいところであるが、どうしても、恋の垣根を越えられないジレンマに陥ってしまうのである。そのジレンマの壁になっているものは、彼の『自制心』であり、『道徳心』である。

しばらくして、仲居が酒と料理を運んで来た。その仲居と入れ替わりに美沙子が現れたので、橋本は己の隣席に座らせた。

冒頭、幹事の橋本は、皆に美沙子も参加することを断った上で、上田に白内障の手術結果を報告するように促した。

すぐに上田は了承して話を始めた。

「皆さんよ！　酒を飲みながら聞いてくれ。ロボさんには、俺が電話を受けたときに、少しだけ話をしてあるが、白内障の手術なんていうものは、何も怖がることはないぞ！しょせん患者は、まな板の鯉であって医者任せなんだから、手術を楽しまないと損だ！一応、後学のために手術が終わるまでの手順を説明しておこう。まず、眼科で診察するときには、一般的な視力検査から始まって、眼圧検査や眼底検査があったし、ほかにも機械を使った、さまざまな検査があったよ。それらの検査結果によって、白内障の手術が必要と分かったら、心電図とか胸部レントゲンとか血液検査などの、内科的な検査を受けるようになっていたよ。その検査結果に異常が無ければ、俺の大好きな手術が行われる訳だ。ワッハッハッ！　まず、俺は症状の進んでいる左目のほうを先にやってもらうことにしたんだ。ただ、面倒くさいことに、手術の三日前から目薬を一日四回も点眼しなければならなかったし、それから、手術の当日は、三十分くらい前から看護師に顔を洗えそうなくらい、何度も目薬を点眼されたよ。確か、手術の五分くらい前には、麻酔薬を左目に点眼されてストレッチャーで手術台に運ばれたんだ。次に、まぶたを大きく開けられた状態で、いつのまにか俺の大切な眼の水晶体を超音波でぶっ壊して吸い取ってしまったんだ。そのあとだが、俺は、まだ車の運転を続けたかったから遠くに焦点を合わせた人工レンズを挿入してもらったんだ。もっとも、新聞なんかを近くで見るときには、老眼鏡が必要になってしまったがな。そして、最後は、抗生物質を点眼されてから、眼帯が装着されて、はい、お終《しま》いだ。だいたい十五分くらいだったかな？　うれしいことに、残っていた右目は、左目と同じ手順で一週間後に手術してもらったよ。ワッハッハッ！」

「本当に手術が怖くなかったの？」

美沙子は上田に聞いた。

「医者が事前に手術内容を説明してくれたときには、多少、恐れを感じる話もあったよ。だけど、白内障の手術なんか、日本国内で年間百万件以上も行われているのを俺は知っていたから、成功して当たり前と思っていたよ。それに、我々のような高齢者で、しかも、アルコール中毒患者みたいな奴が、ブルブル震えるような手で手術をするのではなくて、健康で比較的若い医者が、器械を使って、うまくやってくれたよ。ワッハッハッ！」

冗談交じりに、しかも自慢げに話す上田であった。

「それで、手術したあとの処置は、どうしていたのですか？」

今度は橋本が聞いた。

「当然、翌日に術後の検査があったし、次の一週間後と二週間後にも検査を受けて、トータル二カ月くらいで、ほぼ終了したよ。今はママさんの、えくぼが、とても可愛く見えます」

「まぁ～、えくぼだなんて、本当は皺《しわ》と言いたいんでしょ！」

「俺は死んでもママさんを傷つけるようなことは言わないよ」

「うれしいのか悲しいのか複雑な気持ちだわ」

「ともかく白内障の手術をすると周りが良く見えるようになって、たとえ、死んでいなくても、生き返ったような気分になるぞ！　以上だ」

上田は先日、電話で橋本に言ったことと同じことを言って、白内障手術の話を締めた。

「上さんありがとうございました。次はトラさんからシニア大学に入学したお話をして頂きます」

幹事の橋本は、上田に礼を言ってから小林にお願いした。

すぐに小林は話し出した。

「私以外は、皆さん大学を卒業していますから、一般的な大学制度については、十分承知されていると思いますので、ここではシニア大学の特徴だけをお話しすることにします。

まずシニア大学に入学するときの条件としては、五十歳以上とか六十歳以上とかの年齢制限が当然ありました。そして、各シニア大学には二年制もあれば四年制もありますし、学部もさまざまなものが用意されています。また、入試方法にしても大学によって、学科試験による一般入試や、ＡＯ入試など、異なる入試制度がありますし、加えて、入学金や授業料も、これまた違いが多々ありました。そこで、私は熟考した結果、美術大学に進むことにしました。まだ入学して一週間そこそこなので、授業内容など詳しくお話はできませんが、一応、四年制を志望しました」

「俺は都心の美術大学を卒業しているけど、仕事には何の役にも立たなかったぞ！」

上田は小林の話に水を差した。

「でも、私は趣味の写真撮影をもっと勉強したいと思ったので、美術大学を志望したのです」

小林は上田に言い返した。

「何はともあれ、『一生勉強、一生青春』ですね」

杉田が論議になりそうな上田と小林に対して、詩人、「相田《あいだ》みつを」の格言で仲を取り持った。

だが、上田は大学自体に、まだ不満があるらしく、

「今も昔も、大学に入学すると銭がかかるだけであって、もはや、大学は無意味な存在になっていると思うよ」

と上田は杉田に向かって反論した。

「大学は勉強のほかにも、学生同士が接して、協調性や持続性などが身に付きますから、決して無意味ではなく有意義だと理解するべきです。確かに、大学は多少の合理性に欠ける一面もあるかも知れませんが、授業を受けることによって、自分の能力が試される訳ですから、それはそれで価値があると思いますよ。あまり難しく考えないことですね」

杉田は上田に意見した。

「せっかくトラさんが向学心に燃えてシニア大学に入学したのですから、ここで談議をかもすような話はやめにしましょう」

橋本が上田と杉田の議論を、たしなめると、二人は従順してくれたので、やっと、小林の話が続けられるようになった。

「――私のような七十歳にもなった老人が、若い大学生が通うキャンパスにいると、他人には不釣り合いに見えるかも知れません。でも、シニア大学では、多くの知識を吸収できるだけでなく、若い学生たちとの触れ合いも度々《たびたび》あって、眼から、うろこが落ちました」

小林は大学のキャンパスにおける感想を語った。

「トラさんが、シニア大学で勉強する意欲と、その精神力には感服しました。自分の希望が叶って良かったですね」

と橋本が言うと、

「はい、とても良かったです。私は、幅広い教養と良識ある行動を身に付けようと挑戦しているだけであって、学歴社会を肯定する訳ではありません」

「さすがトラさんね。その前向きな姿勢に感動しましたよ」

美沙子は小林を褒めたたえた。

すかさず、上田が、

「トラさんがママさんに褒められたからには、俺の大学に対する考え方は、負けと認めざるを得ないな」

上田は己の主張が通じないことが分かって、簡単に折れてしまった。

「上さんは、ママさんという殿さまに服従する江戸時代の家来《けらい》みたいですね」

と杉田が指摘すると、上田は反論できずに苦笑いするだけであった。

「トラさん、これからもシニア大学で頑張ってくださいね」

更に美沙子は小林を励ました。

「ママさんありがとう。ますます勉強する意欲が湧いてきましたよ」

小林は、うれしそうに礼を言った。

ここで杉田が小林に聞いた。

「ところで、トラさん。せっかくの機会なので、顔の染みを消してもらったときの治療方法を教えてくださいませんか？」

「はい、分かりました。皆さん参考にして下さい。一概に染みと言っても、さまざまな種類があるようです。私の染みは、放っておくと少しずつ大きくなると言われる『脂漏性角化症《しろうせいかっかしょう》』と診断されました。その治療法ですが、染みの部分にマイナス二百度くらいの液体窒素をスプレーで数秒間、吹き付けるものでした。その治療中は、液体窒素の冷たさで痛みが少し走りましたし、しばらくのあいだ、ヒリヒリ感も残りました。しかも、この治療は一回だけでは終わりませんでした。私の場合は、二週間ごとに都合《つごう》五回、同じ治療を続けました。回を重ねるごとに、頬の染みが、徐々に赤黒い瘡蓋《かさぶた》になってきて、最後は浮いて取れました。ほぼ二カ月ちょっとの治療で、見栄えのいい顔に生まれ変わりました」

「へぇ〜、女性に、もてるようになっただろうな？」

と上田が小林を冷やかした。

「上さんも、目じりのところにある染みを消してもらったらどうですか？」

「俺は、痛いのは嫌《いや》だし、これ以上、女性に、もてたら困るからやめにしておくよ」

「意外と気が小さいのですね」

「それでいいんだ。染みは俺のチャームポイントなんだよ」

上田は意固地になって、染みを消す治療に反対した。

次に橋本が小林に質問した。

「トラさんに聞きますが、医療機関で染みを消す方法としては、その凍結療法のほかにも、外科的な手術をすることや、レーザー光線で手術する方法など、いくつかあるようですが、それらは、すべて美容外科の分野に当てはまると思います。ですから、健康保険は適用されないと私は認識していますが、その点いかがでしたか？」

「いいえ、凍結療法に限って、健康保険が適用される制度になっていました。そのことを妻が知っていたので、私に治療するように勧めてくれたのです」

「そうですか。女性は、美容のことについて詳しいですね。それにしても、トラさんが凍結療法で、そんなに奇麗になるとは、驚きです」

「必ずしも、そうばかりも言えませんよ。人によって染みの種類が違いますので、治療に一年くらいかかる人もいれば、残念ながら傷跡の残る人もいるようです。ですから、染みを消したいときには、必ず、医者の判断に従うべきです。私の場合は、凍結療法で、うまく消せましたけれども、日常生活をするにあたって、元あった染みの部分には強い紫外線を当てないように、注意されました」

「そうなると、女がやっている日焼け止めクリームなんかを、男でも顔にべたべた塗りたくるのだな?」

ここで、上田が小林を茶化した。

「はい、せっかく染みが消えたのですから、再発防止のために、ケアするように努めています。以上です」

おおかた小林の話に区切りがついたところで、タイミング良く美沙子が皆に話し掛けた。

「上さんとトラさんから、有意義なお話を、お聞かせ頂きまして、ありがとうございました。まだ、お店のお仕事が残っておりますので、私はここで失礼させて頂きます」

そう言って、美沙子は会合の場から立ち去った。

そのあと上田が、

「俺とトラさんの二人だけに話をさせておいて、杉さんとロボさんが何も話さないのは、こずるいぞ! この際、杉さんが新年会のときに話してくれた特許のことでもいいから、その後の進展具合を話してくれないか?」

「それに関しては、私も興味がありますよ」

と小林も特許について、聞きたいようだ。

「突然ではありますが、杉さんに特許のお話をして頂きましょう。よろしくお願いします」

幹事の橋本は杉田に頼んだ。

「じゃあ、今、考えているものの中から、一つだけ教えましょう。ぜひ、皆さんの意見もお聞かせください。それは家庭用冷蔵庫についてです。どんな冷蔵庫でも扉を開けるたびに冷気が外へ流出してしまいます。そのため、食品の出し入れは速やかに行わなければなりません。そこで、私が考えたのは、扉を多く設けることで、冷蔵庫内の冷気が大量に流出しないようにするアイデアです。家庭用の冷蔵庫を例にした場合、冷凍室に二つの扉を、冷蔵室には四つから六つくらいの扉を、野菜室には二つとして、合計して八つから十くらいの扉を設ければ、庫内の冷気が少ししか流出しないと考えました。これは、節電にもつながりますから一石二鳥であると思います。ちなみに、冷蔵庫には冷気を作り出す機械が一つしかありませんから、扉の奥のほうに少しだけ隙間を作って、冷気が冷蔵庫全体に行き渡るようにすることも、合わせて考えました。この考案は、扉の冷蔵庫でなくても、引き出し型の冷蔵庫にも共通するアイデアです」

「中でも、扉の大きな業務用の大型冷蔵庫は、一気に冷気が流出しますから、そのアイデアはいいですね」

と小林は聞いた。

「はい、そう思います。この考案の目的は、保存食品の安全性と、節電対策を講じることですから、家庭用の冷蔵庫よりも、今、トラさんから、お話が出ました業務用の大型冷蔵庫の方が、更に、効果的であると考えます」

「待てよ？　扉が多すぎると、庫内の食品類を出し入れするのが、難しくならないかい？」

と上田が疑問を抱いた。

「それについては、冷蔵庫の各扉に透明なガラス窓を設けて、中の食品類が見えるように考えています。もしくは、各扉に主な食品名を書いたステッカーを貼り付ける方法もあります」

「もし、ガラス窓にした場合、冷気で曇って中の食品類が見えなくなるのではないですか？」

と更に小林が聞いた。

「それについては、食品スーパーなどで販売しているアイスクリーム専用の冷凍庫を調査したところ、曇っていませんでしたから、多分、大丈夫だと思います」

「なるほど。考えると、いろいろアイデアが出てくるもんだな」

上田は杉田のアイデアに感心したようだ。

「『人間は考える葦《あし》』と言いますしね」

と橋本が言ったあとに、杉田が、

「ウェブサイトの『特許情報プラットフォーム』によりますと、冷蔵庫に関する特許だけでも、二万件以上も登録されているのが確認できました。その中に私のアイデアと類似するものがないか、よく調べてから特許申請をすることになります。以上、簡単でしたが、これで特許の話は終わりにします」

「よく分かりました。大成するといいですね」

と小林が言った。

杉田の大雑把《おおざっぱ》な説明ではあったが、全員、特許について、ある程度、知ることができたようだ。

「次はロボさんの番だぞ！」

上田は橋本に催促した。

「私の新年の抱負は、温泉三昧と自分史の執筆とお伝えしましたが、今のところ大してお話しするような内容はありません。よって、今回の幹事は私ですから、幹事の特権によって、この報告会は、これで終わりにします」

「何か、物足りないですよ！」

と小林が不満を募らせると、

「『幹事』の特権なんて、『感じ《かん》』悪いな！」

またもや上田の、おやじギャグが出た。

温泉旅行

ついに、橋本たちと満天の美沙子が楽しみにしていた温泉旅行の十月二十三日がやってきた。今回の旅行の行程の中には、下呂温泉《げろおんせん》のほかに紅葉の見物も盛り込んでいて楽しさ倍増である。更に、うれしいことに、きょうは朝から絶好の秋日和である。

この日は、小林利夫がアルバイトの新聞配達を終えたあと、自家用車のミニバンで、キャッチ四人組の自宅まで迎えに行く段取りになっていた。最初に乗ったのが、小林と同じ町内に住む橋本政雄である。その次に杉田真治と上田次郎の順番で乗った。最後に到着した美沙子の店舗兼住宅の前では、全員が、車から降りて彼女の出てくるのを待った。

しばらくして、ベージュのワンピースに白いカーディガンを羽織った美沙子が現れた。

「おはようございます。皆さん、お誘いくださってありがとうございます」

えくぼの笑顔で、礼儀正しい、あいさつがあった。

そのあと、美沙子は小林利夫に向かって、

「朝早くから新聞配達をして、お疲れでしょうに。きょうは、お世話になります」

「いやいや、朝の早いのは慣れていますし、いつも新鮮な空気が吸えていいものです。特に、きょうの夜空は星がとても奇麗でしたよ」

「私、新聞配達のお仕事、よく知らないの。ぜひ教えて欲しいわ」

「分かりました。私もママさんに話したくて、うずうずしていますから、話す機会がありましたら、詳しく教えてあげますよ」

　ここで、せっかちな上田次郎が二人の会話を中断させて、

「そろそろ出掛けよう！」

　上田の掛け声で全員がミニバンに乗り込んで、目的地の下呂市を目指して出発することになった。

　本日の旅行は、小林利夫の運転で、助手席には幹事の上田次郎が乗り、後部座席の右側には杉田真治が、左側には満天の美沙子が、その真ん中に橋本政雄が乗った。もう一つの後部座席には、全員の旅行カバンを積み込んでいる。

　座席の真ん中に座った橋本は、美沙子の髪に、ほのかなシャンプーの香りが漂っているのに気づいた。香水で飾っていないシャンプーの香りが、素朴で優しい女性らしさを感じさせた。彼は、このまま彼女と肩と肩とを触れ合いながら、ずっと隣に座っていたいと思った。できるものなら、そっと、左手で手を結んでいたい気持ちに駆られた。

車が走り出して少し経った頃、幹事の上田が後ろを振り向いて話し始めた。

「えぇ～、皆さん、おはようございます。本日は朝早くからお集まり頂きましてありがとうございます。本日は幸い天候に恵まれまして、まさしく、『天高く馬肥ゆる秋』の中での旅行となりました。これからの二日間、私、幹事の上田が皆様の案内人になりまして、楽しい旅行ができますよう、一生懸命、務めさせて頂きます。よろしくお願いします」

橋本たちは、一斉に拍手をした。小林はハンドルから手が離せなかったので、「イエーイ！」と、掛け声を上げた。これは、小林の、いつもの口癖である。

バスガイド嬢の案内を真似て、上田らしからぬ丁寧な言葉づかいのあいさつで、旅行が始まった。

そのあと、上田は得意の駄洒落《だじゃれ》を放った。

「きょうの旅行は、俺が『幹事』だけど、『感じ』悪く思わないでくれよ」

「頼りにしてまっせ！　幹事さん！　感じいいよ～、イエーイ！」

運転手の小林が元気よく上田を励ました。

「なお、こよいの宴席では、たくさんのご馳走を、『お膳』の上に乗るように、『お膳』立てしてありま～す！」

またも上田から、お膳の駄洒落が出たことで、皆が笑った。

料金受取人払郵便

大阪北局
承　認

1357

差出有効期間
2020 年 7 月
16日まで
（切手不要）

郵便はがき

553-8790

018

大阪市福島区海老江5-2-2-710

㈱風詠社

愛読者カード係 行

ふりがな お名前				明治　大正 昭和　平成　　年生　　歳
ふりがな ご住所	□□□-□□□□			性別 男・女
お電話 番　号		ご職業		
E-mail				
書　名				
お買上 書　店	都道府県　　市区郡	書店名	書店	
		ご購入日	年　月　日	

本書をお買い求めになった動機は？
1. 書店店頭で見て　2. インターネット書店で見て
3. 知人にすすめられて　4. ホームページを見て
5. 広告、記事（新聞、雑誌、ポスター等）を見て（新聞、雑誌名　　　　）

風詠社の本をお買い求めいただき誠にありがとうございます。
この愛読者カードは小社出版の企画等に役立たせていただきます。

本書についてのご意見、ご感想をお聞かせください。 ①内容について ②カバー、タイトル、帯について	
弊社、及び弊社刊行物に対するご意見、ご感想をお聞かせください。	
最近読んでおもしろかった本やこれから読んでみたい本をお教えください。	
ご購読雑誌（複数可）	ご購読新聞 新聞

ご協力ありがとうございました。

※お客様の個人情報は、小社からの連絡のみに使用します。社外に提供することは一切ありません。

「ただし、ご馳走を少しでも残したら罰金を取りま〜す！」

「えぇ〜、太ってしまったら困るわ」

美沙子は心配した。

「ママさんは我々に気を遣わないで、でんと座って、どんどん食べて飲んでください。もしも酔ってしまったら私が真っ先に介抱してあげますよ」

と紳士の杉田が、珍しく冗談めかした発言をした。

「身体《からだ》の、どのあたりを介抱して欲しいですか？」

と上田が美沙子を冷やかした。

「あらまあ！　でも私はそんなに飲めないわ」

車中は、和やかな雰囲気に満ち溢れていた。

そして、車は一路、北の下呂方面へと走り続けた。

本日の目的地である下呂温泉は、飛騨の山中に位置し、千年以上の歴史があるそうだ。当時は、下呂ではなくて湯島《ゆしま》と言っていたそうだ。温泉の泉質は、「アルカリ性単純温泉」である。

古くは室町時代に、全国を行脚した京都五山《きょうとござん》の僧侶である萬里集九《ばんりしゅうく》が、旅行記の中で、現在の下呂温泉を、草津温泉、有馬温泉と並ぶ最も優れた温泉と記していることから、下呂温泉は天下の三名泉と呼ばれるようになったとのことである。

また、下呂市内を流れる飛騨川の河川敷には、下呂温泉のシンボルとも言える「噴泉《ふんせん》池《ち》」という混浴の露天風呂が名物となっている。河原の中に、一切、囲いが無いため、解放感抜群であるが、男女とも水着の着用を義務付けられているそうだ。そのため、温泉で水着を着用するなんてナンセンスと思う人がいるようで、しかも、脱衣所もないため、利用している人は少ないという。

やがて、ＪＲの高山本線と並行して走る国道四一号線の白川町付近に差し掛かったとき、大規模な道路工事が行われていて、交通誘導員によって車を止められた。その工事現場では、百メートルほどの距離を片側一方通行にして、肉体労働者たちが機械などを使いながら路面の改修工事をしていた。中には首に白いタオルを巻き付けて作業に従事している者もいた。

そんな工事現場を全員が車の中から眺めているときに、運転手の小林利夫が話し出した。

「以前、私は勤めていた会社で、トラックの運転をしていたときに、よく道路工事で車を止められたものでした。そのたびに、私は肉体労働者たちが汗水流して働いている姿を見て感動したものです。世の中にはさまざまな仕事がありますが、私は彼らが男の中の男だと思います。それに反して、男性歌手は、男のくせに化粧をし、片手にマイクを持って歌っている姿なんか、男の面汚《つらよご》しだと思います。たとえ、誰しも職業選択の自由があったにしろ、私は男性歌手が大嫌いです。どうして、ほかに、たくさんの職業があるのに、歌手なんかになるのでしょうか？　上さんは男性歌手を、どう思いますか？」

小林は助手席の上田に向かって問い掛けた。

「俺も大体、トラさんと同じ意見だな。歌謡界で全体的に言われている評判は、有名歌手もさることながら、ほとんどの歌手が、音楽に関する専門教育を受けていないため、譜面を読むことさえできないそうだ。なので、音楽の知識や理論に長《た》けていて、かつ、声楽にも熟達している人物が歌った『仮歌《かりうた》』を真似て歌っているようだ。しかも、歌うときの、しぐさや踊りなんかも、振付師の言うとおりにしているだけであって、歌手は完全なる操り人形だよ。そんな風だから、俺は、歌詞が良かろうが、曲が良かろうが、歌がうまかろうが、イケメンであろうが、男性歌手の歌なんか端《はな》から聞きたいとは思わないな。それに、女性歌手の明るくてクリアな高音の声に比べて、男性歌手の声は、低音で陰湿だし、一番に重要な歌詞が聞き取りにくくて、歌のイメージが伝わってこないのが、最大の欠点だ。しょせん、歌の世界では、男は女に勝てないのだから、『歌姫』に任せておけば、いいんだよ。もっと言うと、男は歌なんか歌っているよりも、野蛮人のほうが、まだましだと思うよ」

上田も小林と同じように、男性歌手には批判的な思考を持っていた。

「それに、俺は、ほかにも嫌いな男の職業があるぞ！　例えば、不祥事の多い警察官だ！　奴らは罪を犯しても公開されないケースが多いし、公開しても罪が軽くなるように警察内部で仕組んでいたりして、頭にきてしまうよ。ほかにも、常に、性犯罪を起こす学校の教職員なんか大嫌いだな。中でも、その教職員によって、愛児を『指導死』で失う悲しい事例も起きているし、それも氷山の一角と言われているんだぞ！　もっと悪いことに、学校を管轄する教育委員会のメンバーも、むかつく奴らだ！　こいつらは、いじめの対応にも鈍いし、責任逃れするために、都合の悪い事実を隠蔽するなど、極めて悪質で癪《しゃく》に障《さわ》る連中だ！　何しろ、がり勉だけで育った人間たちばかりが揃っているので、変なところに頭を働かせる悪知恵はあっても、人間としての肝心な人情に乏しい奴らだ！　だから、世間から悪評が出ても、当然と言えば当然だ！　もはや、学校の教育者や教育委員会のメンバーを教育するべきであって、それに応じない組織は、必要としないところまで来ている。反日左翼《はんにちさよく》の教育委員会なんか、早く壊滅させるべきだ！　そうだろう？」

上田から新たに嫌いな職業を提起されたことで、男性歌手の話題が横道にそれそうになった。

「上さんが警察官や教職員に不満を抱いて、怒り心頭になっているのは、よく分かりますが、それは別の日に議論することにして、きょうはトラさんが気にしている男性歌手だけに絞ってお話を聞きましょう。そうしないと話が長くなってしまいます」

と杉田が上田をたしなめた。

「仕方がないな。我慢すっか！」

上田は、あっさり杉田の指示に従った。

ここで、ようやく交通誘導員の指示があって、一行の車は前に進むことができた。そして、工事現場の肉体労働者たちと、すれ違いざまに、

「皆さん！　お仕事ご苦労さまで〜す！　イエーイ！」

と小林利夫が恥ずかしげもなく、運転席の窓越しから肉体労働者たちに呼びかけた。続いて橋本たちも手を振って車は工事現場を通り過ぎた。

これが古希《こき》に達した男たちの道化であった。

少し車が走ったところで、幹事の上田が言った。

「そこの喫茶店で、車を止めてくれ！　トラさんが気にしている男性歌手の話題が中断しているから、休憩しながら話を聞こう」

店内に入ると、店員が六人掛けの席に案内してくれた。美沙子はココアを、ほかの者はコーヒーを注文した。

「それではトラさん。運転中は話ができなかったと思うから、ここでコーヒーを飲みながら、続きを聞かせてくれないか？　俺は非常に興味があるんだ」

上田が小林に催促した。

「――分かりました。皆さんには大袈裟と思われるかも知れませんが、私はテレビやラジオで男の歌声が聞こえてくると、精神状態が不安定になってしまうのです。できるものなら、カセットテープのように早送りしたいのですが、そんな神業《かみわざ》のようなことはできませんので、やむを得ず電源を切って、心を落ち着かせるようにしています。特に、働き盛りの男が、悲哀のある歌なんかを歌っているところなんか、見たくもないし聞きたいとも思いません。それこそ、歌は女の出番です。男が、どうしても歌を歌いたいと言うのなら、せいぜい軍歌でも歌っていればいいのです。いくら多様性の時代だと言っても、男としての最大の魅力は、健康的な肉体美と、とことん紳士的な振る舞いのできる人です」

「トラさんが、そこまで男らしさに、こだわっているとは知らなかったな。やはり、元トラック野郎のことだけあって、男くさくて力強い精神の持ち主だ！　そうなると、きょうの俺は、宴会のときに歌を歌えなくなってしまったな……」

上田が残念そうな顔つきで言うと、

「上さんは、いつも女性歌手の歌ばかり歌っていますので、私は気にしていませんよ。どうぞ、遠慮しないで歌ってください」

「それを聞いて安心した。男性歌手なんて辛気臭《しんきくさ》いだけで、世の中には何の貢献もしていないしな。その点、女性の演歌歌手は、みんな美しくて、声も奇麗で、歌唱力や説得力もあるから、俺は大好きなんだ！　それに女性は、子を産んで子孫繁栄に貢献しているので、心底から崇拝しているよ。それだけではないぞ！　日本の議会政治に携わっているロートルの男性議員なんか、即刻クビにして、もっとフレッシュな女性を議員にすべきだよ」

　上田次郎の女性賛美には切りがない。

　そこへ持ってきて、更に、小林が新しい話題を提供してきた。

「ついでの話になって申し訳ありませんが、男は、『僕』という代名詞を使って欲しくないですね。というのは、僕という代名詞は、甘えているようで、しかも、ひ弱で幼稚な印象を受けますし、日本社会では一人前《いちにんまえ》の男として見なされないような気がします。あくまで、男は、『私』という代名詞を使うべきだと思います。よく、社会で名の知れた年配者が、会話の中で僕を一回や二回ならまだしも、頻繁に使っていると、いくら立派な話をされていても、私は体中が、むずがゆくなって、聞くに耐えられません。もっと言えば、怒りさえ覚えます。この重みがなくて、幼稚に感じる僕という代名詞で話す男たちは、なぜ、自分で恥ずかしいと思わないのでしょうか？　私が察するには、話し言葉に無関心というか、無知だと思います。先日、ラジオのトーク番組を聞いていたときもそうでしたが、ゲストが、いきなり『僕』で話し始めたので、私は、次に僕がいつ出てくるのかと、そちらのほうばかり気になってしまい、番組の内容を真剣に聞く姿勢が失われてしまいました。それで、仕方なく電源を切った訳でして、とにかく、私は一度嫌いになると、とことん嫌いになってしまうタイプのようです。ですから、この際、僕という代名詞は廃語にして欲しいのです。このような嫌悪感を抱いているのは、私だけでしょうか？」

「確かにトラさんの気持ちは、よく分かりますよ。なにぶんにも、女性の使う代名詞には、『私』の一つしかありません。それに、男性でも『私』を使っている人は、たくさんいますし、僕よりも私という言葉ほど、すばらしい言葉はないと思います。ですから、トラさんが言うように、『僕』は廃語にして、自然で落ち着きのある『私』が使われるようになって欲しいものですね。その内、時代の変遷につれて、言葉は死語になったり、ほかの言葉に変化したりしますから、僕という代名詞も、それに期待するしかありませんね」

杉田は将来において、僕という代名詞が変転する可能性を説いた。

「確か、僕を使って話す人は、東京と、その周辺の地域に多いそうですよ」

と橋本が雑学の本を読んで得た知識を皆に教えた。

ここで突然、上田から得意の駄洒落《だじゃれ》が出た。

「『俺』は、『僕』という言葉をトラさんの前で使えないのを知った『俺』だから、『俺』は『俺』で良かったよ。『俺』は何を言われようとも、『俺』という言葉が『俺』の中で一番好きだから、『俺』なりに満足感に浸っている『俺』だよ。『オーレー！』」

上田は日ごろ使っている「俺」という代名詞を多用して「俺」をアピールした。

「よくぞまあ、『オレオレ詐欺』みたいに、『オレオレ』と言えるものですね」

橋本は上田の即興に驚くどころか感心してしまった。

ほかの者も、オレオレを連発した上田の話術に、はまってしまったようだ。

そんな中、更に小林は言った。

「まだほかにも、不快極まりない言葉があります。ラジオなんかを聞いているときですが、やたら、同じ言葉を話す人がいます。例えば、『そうですね』とか、『なんか』とか、『やっぱり』などの口癖です。『まっ！』とかいう言葉も、生意気で自信過剰型の人物に映りますから、禁句にして欲しいですね。何せ、同じ言葉を頻繁に話す人がいると、聞いているほうの私は、男性歌手のときと同様、精神状態が不安定になって、実にいやな気分になります」

「確かにトラさんの言うとおりだよ。当然、腹は立つだろうし、俺なんか同じ言葉が何回出てくるのか、ついつい数えてしまうよ。話している本人は、聞いている人の立場をよくわきまえて、自分の悪癖に気づくべきだな。トラさんが不快になる気持ちは、俺も同じだよ」

己の意見に上田が共鳴しているのが分かって、小林は少し安心したようだ。

「何はともあれ、男には文学的なセンスを感じさせる話し言葉が必要ですね」

杉田の、この一言で、小林が呈した話題が終わろうとしているときに、

「えぇ～、皆さんよ！『まっ！』、聞いてくれ！僕チンは『まっ！』、宴会のときに『まっ！』、カラオケで『まっ！』、天童よしみちゃんの『まっ！』、あんたの花道を歌うもん！」

上田はこの際とばかりに、癖のある「まっ！」という言葉を揶揄《やゆ》して、皆を笑わせた。

そして、美沙子に、こう言った。

「ママさん！　今夜の宴会で、僕の、いや僕じゃなくて、『俺』の歌と、『俺』の男らしさと、『俺』の魅力に惚れこんでしまって、『俺』に寄り添いたくなったら、『俺』が朝までお付き合いしますよ。『オーレー！』」

上田は、またも「俺」の駄洒落で、美沙子に冗談を放った。

美沙子は、こらえきれずに失笑してしまい、正面に座っている橋本に、なぜか目配《めくば》せするのであった。

このように、五人が揃うと、さまざまな話題が出てきて、楽しいものである。

◇

下呂温泉《げろおんせん》の少し北の方向に「がんだて公園」というところがある。そこは、森林浴と滝の観賞ができる観光地である。

一行が、公園内の駐車場に到着してみると、そこには、多数の乗用車のほかに、観光バスも二台止っていた。

いざ、橋本たちが車から降りてみると、そこは、まるで山を縦に切ったような、岩壁が眼前に迫って見えた。また、周りの景色を一望すると、秋らしく木々が、ちらほら紅葉に染まっていた。同時に、普段の空気とは全く違う新鮮さも漂っていた。更に、大空を仰いでみると、白く小さな波紋を広げた「いわし雲」が、上空に浮かんで見えた。ここは、実に自然の雄大さと、新鮮な爽快感が五感で味わえる憩いの場所である。

早速、小林利夫が周りの景色をカメラに収めていた。

ここ岐阜市小坂町《おさかちょう》には、この雄大な岩壁のほかに、過去に御嶽山《おんたけさん》の大噴火によって、大小二百カ所以上の滝があるそうだ。中でも、川の水が三段になって流れ落ちているといわれる「三ツ滝」を一行は目指すことにした。上田次郎を先頭に、紅葉で秋の気配が感じられるアップダウンの遊歩道を一列になって進んで行った。

一〇分ほど歩くと、早くも三ツ滝の下段が見えてきた。もう、この辺りからマイナスイオンが感じられた。そこから更に中段のところまで歩いて行くと、「円空の座禅岩」と言われる岩盤の上に、小さな不動明王《ふどうみょうおう》が祀《まつ》られているところに出くわした。

そのとき、先頭の上田が立ち止まって、大きな声で、「勝負必勝！」と叫んだ。それもそのはず、前日、インターネットで前売投票した競輪の車券が的中するのを、不動明王に祈願したのである。

その状況を見ていた杉田真治が、こう言った。

「多分、競輪のことだと思いますが、そんな次元の低いギャンブルのことで、不動明王にお願いすると、天罰が下りますよ」

と脅かすと、すかさず上田が反旗を翻した。

「それは見当違いもはなはだしいな。目に見えない空気や電波を信じることができて、同じように目に見えない神の存在を信じることができないのは、矛盾している。たとえ、神を信じない奴がいたとしても、俺は神を信じる。しょせん、俺は煩悩だらけの人間だから、神に救いを求めるしかないんだ！　そんな人間のために、神が存在しているのだよ。神だけが俺の願いを叶えてくれるはずだ！」

この上田の憤然とした反論で、杉田が返す言葉に窮していたときに、橋本が助太刀《すけだち》した。

「神も運と同じようなものですから、運がよければ競輪で狙った大穴が的中するかも知れませんね」

その言葉に上田は不服そうな顔をしながらも、

「神と運をごっちゃにされても困るが、結論はそのとおりだ」

と返答して、再び不動明王に手を合わせて祈りを捧げていた。

「私も商売繁盛をお願いしようかしら」

と美沙子が言い出した。

「そのようなことをお願いしなくても、お客さんはママさんの人柄に魅了されて、絶え間なく入店しますよ。ご心配無用です」

と杉田が美沙子を褒め上げた。

「それにママさんには魅力的な、えくぼもありますからね」

横から二人の会話を聞いていた小林が、美沙子を持ち上げた。

「まぁ～、皆さんは、いつもお世辞がお上手ね」

美沙子は、恥ずかしそうな顔をして言った。

そして、一行は、中段の場所から更に登って、上段の見える場所に到着した。そこから見下ろす「三ツ滝」は、風流の中にも荘厳な雰囲気を醸し出していて、橋本は、瞑想状態に入ってしまうほど陶酔した。それに加え、水が流れ落ちることで発生する大量のマイナスイオンを浴びせられて、心も浄化されるような感じすらした。ここ三ツ滝は、五感を刺激する世界が待ち受けていたのである。

そんな三ツ滝の雰囲気を十分に堪能《たんのう》した一行は、更に上へ登ってから川を横断するルートで駐車場まで戻ることになった。

二十分ほどで駐車場に到着して、杉田が車の座席に座った途端、

「あぁ～、疲れました。この程度の歩行で疲れてしまうとは、自分でも情けないな。やっぱり、年のせいかな？」

「高校時代に野球をしてたのに、引き続きスポーツに専念しないで、がり勉に明け暮れていたから、そのツケが回ってきたのですよ」

と小林が杉田に言って聞かせた。

「そうかも知れませんね。オリンピックに参加している達者なスポーツ選手が、うらやましいです」

「何だと！　オリンピックなんかスポーツじゃないよ。あれはゲームや曲芸や芸術を、ご・・・ちゃまぜにして遊んでいる茶番劇だ！　愚の骨頂だよ」

すかさず、上田は杉田に大声で異論を唱えた。

「でも、世界中の国民が一丸となってオリンピックに熱狂しているのが、健全でないというのですか?」

「そうだ！　まずして納得できない競技種目が多すぎる。古代オリンピック時代の原点に立ち返って、『走る』、『泳ぐ』、『投げる』、この三つを基本に、自分の力を出し切るだけでいいんだよ。これが俺の持論だ！」

更に、上田は興奮しながら言った。

「今の世の中は、スポーツに対する捉え方がいい加減になっている。やたらショービジネス化して、俺の信じる純粋なスポーツとは程遠《ほどとお》いものがある。その内、日本の風物詩である『かくれんぼ』や『鬼ごっこ』までも競技種目に採用されかねない。しかも、開会式と閉会式は目を覆いたくなるほどの、お祭り騒ぎとは何たることか！　それこそスポーツの祭典と言われるゆえんであって、もはや、バカ騒ぎの何ものでもない！　節度もなければ節制もなく、世界中の国を巻き込んで一喜一憂しているだけだ。その上、オリンピック組織委員会といえば、自分たちの体裁を保つために、選手の欲しがる名誉や名声をくすぐって、価値の無いメダルを与えて自己満足している。このような実態を世界中の人々が糾弾しないこと自体、俺は不思議でならない。いわんや、今の時代、男女平等とはいうものの、生理や出産があって、身体的に、か弱い女性までも競争させている実態に、俺は強い憤りを覚えているんだ！　しょせん、女性はスポーツ競技に向いていないのだよ！」

「それは言えますね。大多数の女性は『内股』ですし、邪魔になる『おっぱい』もある体形ですから、そんな、おしとやかで、きゃしゃな女性たちに激しいスポーツをさせては、いけませんね」

と小林が上田を茶化した。

「何と言っても上さんは、女性の味方ですからね」

今度は、橋本も上田を茶化した。

だが、上田は小林と橋本の茶化しを無視して、オリンピックに反対する意見を、主張し続けた。

「日本は二〇二〇年のオリンピックを東京に招致することが決まって、バカ騒ぎして喜んでいるが、俺からしてみれば、すぐ終わってしまうようなオリンピックに、国民の税金を、つぎ込むことに断固反対する！　それだけではない！　付け足しのようなパラリンピックなんか廃止すべきだ！」

オリンピックの題目で、上田の独壇場《どくだんじょう》になってしまい、橋本たちは黙って聞くしかなかった。

「この世の中で、俺のようにオリンピックに批判的な奴がいたとしても、それは個人の自由だし、絶対に非難の対象にはならないはずだ。言論の自由こそ自由主義だ！　俺が望むスポーツは、自分の健康管理と増進に努めるべきものであって、見世物にするなんて、愚の骨頂だと思っている。ましてや、スピードスケートやスキーの滑降なんかは、一千分の一秒なんかを競って一喜一憂しているが、それが何になる！　ほかに幾らでも見世物はあるし、良識人だったらスポーツをダシにした茶番劇には飛びつかないはずだ！　俺が信じるスポーツは、つまらない競技で目を覆いたくなるのではなく、快い競技で目を惹きつけられるものだよ！」

この上田の発言に対して、杉田がこう言った。

「確かに、上さんの主張するスポーツ観は一理あると思いますが、残念ながら、私とは少し見解の相違がありますね」

「えぇ～！　俺のスポーツ観に誤りがあるというのなら、それは、一体、何だい？」

上田は杉田に反問した。

「上さんの主張は、日本のスポーツ基本法の理念から、少し外れているのです。要は、スポーツ自体が世界共通の文化なのです」

「それはおかしいな？　俺は駄洒落《だじゃれ》を文化として理解しているが、スポーツが文化なんてナンセンスだよ」

「じゃあサッカーについては、どう思いますか？」

「あれは、子供が喜ぶイルカのボール遊びと同じだな」

「じゃあ体操は、どうですか？」

「鉄棒も吊り輪も全て着地だけを重視しているなんて、まるでサーカスと同じだよ」

「ウェイトリフティングは？」

「あんな鉄の車輪みたいな重いものを持ち上げているところなんか見たくもないね」

「日本のお家芸である柔道は？」

「試合中に乱れる柔道着には、うんざりするよ」

「カーリングは？」

「そんなの論外だ！」

上田は杉田の質問に己の本心を披瀝《ひれき》したあげく、小林に向かって、こう問うた。

「こんな俺の考え方が間違っていたら聞かせてくれよ？」

問い掛けられた小林は苦し紛れに、

「上さんにかかったら、全部ボロクソにされてしまいますね」

「絶対、ボロクソじゃないぞ！　まだまだ愚の骨頂なスポーツは山ほどあるんだ。例えば、ボクシングなんかは、殺し合いと同じ残酷な戦いをしているのに、殺人罪に問われないなんて許せないと思わんか？」

とうとう小林は、上田の興奮状態を一身に背負い込んでしまった。

世間の人は、人間、年を取ると丸くなるとか、逆に、頑固になるとかいうが、どうも上田の場合は後者のようだ。

更に上田は、

「俺の考えに賛同しなくても、あと一つだけ言わせてくれ！　オリンピックに、またもゴルフ競技が復活するようだが、これこそ、やめて欲しいな。あんな『耳かき』みたいな長い棒を振り回して、女のデルタ地帯みたいなところの小さな穴に、球を入れるなんて、そんな卑猥な競技なんか、ばかばかしくて見ていられないよ！　しかも、自分の打った球を探すのにキャディーと、ゆっくり歩きながらお喋《しゃべ》りして、見つけた球を、また穴に目がけて打っているだけだ！　結局、少ない振りの回数で穴に入れれば、いいだけのことであって、早漏と同じだよ。しかも、いやなことに、それを十八ホールもやるなんて、やめて欲しいよ。中でも、プレーヤーが「アルバトロス」を打ち出したりすると、ギャラリーたちが大喜びしている光景など、全然、見る気がしないな」

参考までに、ゴルフのスコアには、ホールごとに、３打、４打、５打と標準打数があって、それを「パー」という。そのパーより少ない打数を打った場合、何故か鳥の名が付けられている。パー5のホールの場合だと、2打でカップインすれば、「アルバトロス」である。これは、あほう鳥のことである。それから、3打でのカップインが、「イーグル」といって、鷲であり、4打が、「バーディー」といい、小鳥のことである。結局、十八ホールまでの打数を合計して、一番打数の少なかった者が、優勝するだけのことである。

そんなゴルフ競技が、上田はスポーツ競技として、ふさわしくないと主張しているのである。とりわけ、日本ではゴルフ場が社交の場として使われるケースが多いので、余計、娯楽性を強く感じるのであろう。しかも、イギリスがゴルフ発祥の地であるとのことから、『紳士のスポーツ』と言われていることに上田は呆《あき》れていて、ゴルフ競技は「アルバトロス」だと、言いたかったのであろう。

そこで、杉田が上田にこう言った。

「上さんのスポーツに対する考え方には一理ありますが、何度も言うように、全てのスポーツは、文化として捉《とら》えなければなりませんよ」

「そんなもんでいいのかい？　誰が言ったか忘れてしまったけど、『スポーツは阿片』だと称していた者がいたぞ！」

もはや、上田の不満は収まらず、侃々諤々《かんかんがくがく》の議論に発展しそうになってきた。

とうとう、ずっと聞き役だった美沙子が口を開いた。

「もっとスポーツの定義とか歴史とかの、勉強をしなければいけませんね」

「そのようです」

と杉田が相槌《あいづち》を打った。

この熱いスポーツ談議が、なかなか終わりそうになかったため、橋本が「時《とき》の氏神《うじがみ》」になったつもりで、

「皆さん！　旅館にチェックインする時刻が迫ってきましたので、そろそろ出発しましょう」

と言うと、上田は不承不承《ふしょうぶしょう》ながらも橋本の意見に従い、ほかの者も追随してくれたので、ようやく、運転手の小林がハンドルを握ることができた。

◇

一行が旅館に到着すると、「歓迎キャッチ四人組御一行様」と書かれた看板が目に入った。

また、旅館の入り口では、女将と番頭たちが笑顔で迎えてくれた。

そして、一行には、二階に八畳の座敷が三つ用意されていた。その一つには美沙子が、

あとの二つには杉田と上田、小林と橋本が同室になるように、幹事の上田が決めていた。

早速、全員が旅館の浴衣《よくい》に着替えて、一階の浴場へと向かった。そこには、男湯と女湯と書かれたのれんが掛かっていた。

橋本たちが、男湯ののれんをくぐって中に入ってみると、少し時間が早かったせいか、脱衣場には、ほかの客の姿は見当たらなかった。

そして、杉田が浴衣を捲《まく》っているときに、上田が驚いたような声を出した。

「何だ！　杉さん！　その柄パンは！」

「えっ！　どうかしましたか？」

「七十歳にもなる大の男が、柄パンをはいているのが、おかしいのだよ」

「どうしてですか？」

「男の下着は、昔から白と決まっているのだよ！　俺は柄パンを見ただけで、むかついて吐き気がするんだ！　下着は人に見せるものでない！　自分の清潔感を守るためのものだ！　だから、絶対、白の『申又《さるまた》』でなければならんのだ！　分かったか！」

「そんなに怒らないでくださいよ」

「怒るということは、優しいということだ！　優しいということは、親友だからだ！　親友は、常識を身に付けなければならないのだ！」

「そんな回りくどく言わなくてもいいのに。要は、白の串又が男の常識と言いたいのですね？」

「そうだ。常識こそ分別《ふんべつ》なのだよ」

「でも、妻が店で買ってきた下着を、はいているだけですよ」

「俺の言った常識を女房に聞かせて、分からせるのだ！」

そう杉田に言ったあと、今度は、既に裸になっている小林にギョロ目を向けて、

「トラさんの下着は、どうなんだ！」

「はい！　元トラック運転手ですから、男らしさを誇示するために、若いころから、白の串又に白の腹巻をしていますよ」

「それでよろしい。ではロボさんは、どうなんだ？」

「私は四十三歳のときに心臓手術をしたこともあって、それ以来、白の下着にしていますよ」

「それでは遅すぎたな。男は生まれたときは白のオムツで親の世話になっているし、オムツ離れしてからも、下着は上も下も白でなければならないのだ！　それだけ白には神聖なる清潔感があるのだ！　死んだときだって、白装束《しろしょうぞく》だし、男は絶対、白の串又に拘《こだわ》るべきだ！」

こんな上田の歯に衣着《きぬ》せぬ物言いに、杉田が言った。

「上田先生！　良く分かりました。遅まきながら、私も白の申又にします」

杉田は、学校の先生に諭《さと》された生徒になったつもりで、上田に約束した。

「分かれば、それでよろしい。ついでに、もう一つ言っておく。俺たち年寄りは、柄パンだけじゃなくて、ジーパンも、はいてはならんぞ！　絶対にだ！　あれは子供が、はくものであって、年寄りには似合わないし、安っぽい人間に見えるからだ！　スタイリストに聞いてみろ！　俺と同じ意見を言うはずだ！」

ここで橋本は思った。このように上田が言いにくいことを言えるのは、親友同士の間柄《あいだがら》であるからこそであって、その遠慮のない教示には、感謝に堪えないものがある。一人では気づかないことを教えてくれた。

このあと、橋本たちは身体《からだ》を洗ってから露天風呂に向かうと、そこには、岩風呂や、ひのき風呂、五右衛門風呂などが備え付けられていたが、全員そろって岩風呂に入った。十人ほどが入れる広い岩風呂で、その造成も自然さが感じられた。

そして、橋本は、岩風呂に浸かりながら、新年から続けている温泉三昧から得た知識を、皆に話すことにした。

まず、温泉法では泉質や源泉名、温度、成分などの掲示が義務化されていることを教えて上げた。それが浴場の入り口付近に掲示されていたことと、ここ下呂《げろ》の温泉は、無色透明なアルカリ性単純温泉であって、神経痛や冷え性などに効くだけでなく、美肌効果もあることを説明した。

すると上田が、

「へぇ〜、俺は温泉の掲示板なんか見なかったが、ここは年寄りには、持ってこいの温泉のようだな」

と言う始末。

なおも続けて、橋本は、温泉法では温泉に含まれている物質の含有量によって、この下呂のアルカリ性単純温泉のほかに、二酸化炭素泉や炭酸水素塩泉など合計九種類の温泉が定められていることや、泉温が二十五度以上あれば温泉であること、それ以下の泉温でも指定された成分が一つでも法定量以上あれば、温泉であることを説明した。

「好きこそ物の上手なれを地で行っているから、いろいろと勉強できたな」

またもや上田から皮肉にも取れる冷やかしが出た。

そもそも、橋本は年初《としはじ》めから温泉三昧で見聞を深めてきたが、ひとつ思い当たる節があった。それは、この先、高齢化社会の到来で銭湯や大規模な温泉施設が、老人たちの憩いの場所になると考えられることである。既に、今の段階でも、ほとんどが老人たちで占められている状況であるから、高齢者の風呂好きを凝視できる場所とも言える。もっとも、銭湯にしろ、温泉施設にしろ、風呂の造りは全体的によく似ているため、橋本は、少しでも新鮮さと楽しさを味わいたくて、毎回、利用する場所を変えて温泉三昧していた。だが、新年から続けているその温泉三昧も域に達してしまったようで、このところ、大衆演劇と称するお芝居や舞踊なども楽しめる温泉施設を利用するようにしている。そのような温泉と演劇の両方が楽しめる施設は数こそ少なく、名古屋の周辺では十カ所程度しか存在していない。それであっても、大衆演劇の虜《とりこ》になってしまった橋本は、その十カ所の施設を順繰りに出掛けている。

その行った先々で、劇団員が一生懸命、演技している姿を見て、橋本は、素直に感動している。それも、お芝居のときに何度泣いたことであろうか？　そして、舞踊ショーのときに何度笑ったことであろうか？　これぞ、大衆演劇の「真髄《しんずい》」と受け止めている。だから、彼は、今まで経験していなかった楽しみが、この大衆演劇にあることを知ったのである。それ以降、劇団員の演劇を見るたびに、素直に喜怒哀楽が表せるようになった。

このように、風呂と演劇は、老人たちが余暇を楽しむ唯一の手段であり、橋本も、彼らと同じ境地に達したと思われる。

話を元に戻して、橋本は、これまでの温泉三昧で得た知識をもっと皆に伝えるつもりでいた。そして、大衆演劇の面白さも伝えたかったのだが、上田が頭にタオルを載せて、天童よしみ氏の「あんたの花道」を歌い出してしまったので、橋本の温泉体験談は頓挫してしまった。

「とうとう、上さんは宴会の準備段階に入ったようですね」

と隣で上田の歌を聞いていた小林が上田を冷やかした。

「ママさんを惹きつけるための予行練習さ。マイクだけじゃなくて、ママさんと御手手《おてて》をつないでデュエットするんだ！『――あぁ～、人にゃ見えない男の値打ち、惚れた私にゃ、よく見える。酔っていいのよ心の憂《う》さは、お酒が洗ってくれるから、いつかやって来る、きっとやって来る遅い幸せ二人にも――』」

上田は、「あんたの花道」を歌って、子供のように、はしゃいでいた。

それを聞いていた杉田が、

「上さんの性格を知っているママさんのことですから、手を握られても嫌とは言わないでしょうが、それこそ私が恥ずかしくなってしまいますよ」

続いて橋本も、

「この日を楽しみにしていたのですから大目に見ますが、はしゃぎ過ぎて羽目を外さないようにしてくださいよ」

「そんなこと分かっちょるワイ！」

早くも上田は、ボルテージが上がって宴会気分に達していた。

ついには都都逸《どどいつ》までが飛び出してくる始末。

『白だ黒だと～　けんかはおよし～　白という字も～　墨で書く～』

それを聞いていた小林が、

「イエーイ！　大統領！」

小林までもが、上田のパフォーマンスに洗脳されてしまった。

◇

橋本たちが風呂から上がり、浴衣《よくい》を着て男湯を出たところに、美沙子が艶冶《えんや》なほほ笑みを浮かべて待っていた。

「温泉は、いかがでしたか？」

橋本は美沙子に問い掛けた。

「とてもいい温泉で、ゆっくりできましたわ」

美沙子は笑顔で答えてくれた。

このとき、

「ここの温泉は、『美肌の湯』と言われていますので、ますますお奇麗になりましたよ。洗い髪のあとのママさんは、シックで、エレガントで、チャーミングで、セクシーで、素敵ですね」

上田は、花見のときと同じ駄洒落《だじゃれ》を言って、美沙子を持ち上げた。

「まぁ～、上さんは、いつもお口がお上手ですこと」

そう言って、恥ずかしそうに濡れタオルで顔を隠した。

実際、上田が言うように、美沙子は風呂上がりで化粧を落としていても、相変わらず美しい容姿を保っていた。これも、子供を産んでいないから、余計、若くて美しく見えるのかも知れない。

ここで小林が、

「このたびの旅行で、出発する前にママさんが新聞配達員の仕事について、詳しく聞きたいと、おっしゃっていましたので、この際、みなさんも一緒に聞いてくれますか？　宴席がセッティングされるまでには、まだ時間的に余裕があるようですから」

「俺も新聞配達には興味があるから、ぜひ聞きたいな」

と上田が言うと、

「では、そこの休憩室でトラさんのお話を聞きましょう」

橋本は、休憩室と書かれた案内板を指さして言った。そして先陣を切って、休憩室の中を覗いてみると、十畳ほどの和室にテレビと座布団が用意されているのが分かった。幸い誰も入室していなかったので、皆を呼び寄せた。

全員が休憩室の中に入ったところで、早速、小林が新聞配達の仕事について、話し始めた。

「とかく、サラリーマン生活を長く続けていますと、とりわけ、強く感じるものがあります。それは、職場での人間関係の難儀さがもとで、ストレスが積もりに積もっているのに、定年まで我慢して働き続けなければならないことの、失望感や嫌悪感です。その点、新聞配達の仕事は、わずらわしい人間関係が皆無《かいむ》ですし、仕事の中心になるものは、いつも無言で私たちを待っている単なる家庭用の『ポスト』です。私は、そんな気兼ねのいらない新聞配達の仕事に従事して、あっという間《ま》に、五年が経過しましたが、体力の続く限り、今後も継続して行きたいと思っております。それに、私は、朝の起床が早かろうが、また、天候が不順であろうが、さして苦になりません。むしろ、楽しんで新聞を配達しています」

「そんなに、やりがいのある仕事だとは思っていませんでした。私はトラさんの、その素晴らしい情熱と意欲には感服します」

杉田は感心して言った。

「私がお店でお客様にしてあげる、お仕事とは、全然、内容が違いますね」

と美沙子が言った。

橋本も、新聞配達の具体的な仕事内容に興味があったので、小林に一連の手順を聞くと、

「朝刊は印刷場から販売店に到着するのが、だいたい午前三時頃になります。そのあと、自分が配達する新聞にチラシを折り込むのです。それを済ませてからバイクや自転車に積み込んで、決められた順路で配達する流れになっています」

「全部の新聞をバイクや自転車に積み込んで配達ができるのですか？」

杉田は小林に聞いた。

「私の勤める新聞販売店は、発行部数の多い新聞を取り扱っていますので、配達するところが多くあります。しかも、新聞は必ずしも、毎日一定した枚数ではありません。折り込みするチラシも、毎日のように枚数が変わっています。ですから、チラシを新聞に折り込んでも、厚みが少ないときは、一度に積み込みが可能ですが、反対に分厚《ぶあつ》くなったときは、一度に積み込みができません。そのときは、残った新聞を、ひもで、くくっておくと、担当者が軽トラックで、各配達区域内の指定された場所に仮置きをしてくれます。そのあいだに、最初に積み込んだ新聞の配達をするのです。それが終えたら、仮置きされている新

聞を再びバイクや自転車に積み込んで配達を続ける手順になっています」

「新聞配達の日にチラシの折り込み作業をしているなんて、私、知りませんでした」

美沙子は、新聞配達員が行うチラシの折り込み作業については、小林の説明があるまで全く知らなかったのである。

「ママさん！　もし、お店のチラシをご希望するようなことがありましたら、ぜひ、当社にお任せください。お安くしておきますよ」

上田は自分が相談役を務める、会社を宣伝した。

「満天さんは、チラシを作らなくても、いつも満員御礼ですよ」

と横から杉田が言った。

「それでは、満天二号店が開店したら宣伝チラシを、よろしくお願いします」

上田は食い下がる。

「強引なセールスは嫌われますよ」

杉田は上田をたしなめた。

「チラシが必要になりましたら、必ず、上さんの会社にお願いしますよ」

と美沙子が約束した。

「サンキュー」

上田は、やっとセールスから退いた。

ここで、中断となっていた小林の話が、続けられるようになった。

「——私たち新聞配達員は、決められた軒数の新聞をバイクや自転車に積み込んで、さっさと配達区域に向かうだけです。店の中では、一口もしゃべらなくても仕事ができます。せいぜい、出勤時と退勤時のあいさつだけで十分なのです。その辺のところが、接待業やセールスマンの仕事のように、対人関係が全くありませんから、むしろ、新聞配達員は純朴な人とか淡白な人のほうが、意外と向いている職業のように思えます」

「何であれ、無我夢中で励める仕事なのですね」

と杉田が言った。

「ええ、そうです。新聞配達で一番大切なことは、購読者に一分一秒でも早く新聞を届けることです。それと、先ほど言いましたように、私は朝の起床が早かろうが、また、土砂降りの日であろうが、全く苦にしていません。何しろ、朝の新鮮な空気が吸えますし、軽い運動もできます。更には、配達の順路を覚える頭の体操も兼ね備えているなど、大いに自分の健康維持につながるものがあります」

「早起きは三文《さんもん》の徳ですね」

と美沙子が言った。

「そのとおりです。その上、朝刊の配達は六時までには終わりますから、昼間の時間帯を自分のために、まるまる自由に使えますので、助かっています」

「いかに好きな仕事とはいえ、交通事故などがありますから、自愛の精神を忘れずに頑張ってくださいね」

杉田は小林を心配して言った。

「新聞配達は立派な仕事だと思いました。それこそ、『継続は力』ということですね」

と橋本が褒め称えた。

「はい。この新聞配達の仕事で私は、充実感や達成感だけで満足していません。私にとっては、生きがいとも言えるものがあります」

「そうなると、仕事が終わったあとの朝酒は、さぞかし、うまいだろうな」

上田は小林の話に、得意の茶々を入れた。

そんなことにはお構いなしに、小林は話を続けた。

「私は以前から、新聞配達の仕事をみんなに話したいと思っていました。きょう、やっと願いが叶ったので喜んでいます。機会がありましたら、この話を身近な人に伝えてください」

とっさに、美沙子が拍手したので、全員、つられて拍手した。

「俺の孫には、競輪選手になって欲しいから、足を鍛えるために自転車に乗って、新聞配達をするように話してみるか」

と上田が言ったところで、小林の話は終わった。

だが、宴会を始めるまでには、まだ、少し時間的に余裕があったので、橋本は上田に親父ギャグを話してくれるように頼んだ。

「俺が、いつも親父ギャグばかり言っていると、みんなにバカだと思われてしまうから、あまり話したくないが、きょうは、めでたい日だし、ご要望にお応えして、とっておきのやつを一つだけ披露するよ。よく聞いてろよ！」

と言って上田が話し出した。

「女学生が、『先生、アレが来ないの……』と言うと、教授が、『アレが来ないって、まさか……』と疑った。女学生が、『もう一週間も来ないの……』と言った。教授が、『ええ～！　一週間も……』と驚いた。女学生が、『はい、卒業通知がこないの……』と言った」

この上田のショートコントで、一同が大笑いした。

「イエーイ！　さすが、上さん。面白いですよ。出し惜しみしないで、もっと話してくださいませんか?」

小林は上田に頼んだ。

「じゃあ、もう一つ披露しよう。話の内容は、こんな具合だ。

花子が、『ねぇ、ちょっと聞いてくれますか?』と太郎に話し掛けた。

太郎が、『急に何のことですか?』と聞いた。

花子が、『私ね、できちゃったみたいなの?』と不安げな顔をして話した。

太郎が、『えっ! 嘘でしょ』と驚くと、

花子が、『おぇ~! おぇ~!』と吐き気をもよおした。

太郎が、『おいおい、大丈夫かい?』と聞くと、

花子が、『うん、大丈夫よ』と答えた。

太郎が、『でも、今の妊娠のときの、つわりでしょ?』と心配すると、

花子が、『いいえ違います。いつわりです』と言った」

このオチで、一同、笑いが、やまなかった。

上田が、どこで、このようなネタを仕入れてきたのかは、誰も聞きはしなかったが、いかにも、上田の女性好きなショートコントであった。

調子に乗った上田がこう言った。

「ついでだから、中学生のときの音楽テストに備えた駄洒落を話してあげよう。それは、『バッと屁が出る、はい、もう弁当』だ！　分かるか？　教えてやろう。バッは『バッハ』で、屁が出るが『ヘンデル』で、はいが『ハイドン』で、もうが『モーツアルト』で、弁当が『ベートーヴェン』だ！　俺は、これでクラシック音楽の作曲家の名前を覚えたんだよ。しかも、年代順に並べたものだ！　孫たちに教えてやれ！　役に立つぞ！」

「へぇー、上さんは語呂合わせが、上手《じょうず》ですね」

小林たちは感心してしまった。

「俺は、これによって、音楽テストで百点が取れたんだよ。そのときからクラシック音楽の魅力に、心酔してしまったんだ」

上田は、このように言った。

◇

橋本たちが宴会場に入ってみると、そこには、会席料理の先付《さきづ》けが、お膳の上に置かれ、その横には、飛騨牛を飛騨コンロで焼いて食べる朴葉味噌《ほうばみそ》焼きも用意されていた。

早速、小林が、それらの、お品をカメラに収めていた。

そのあと、幹事の上田が、あいさつを始めた。

「エ～、本日は好天に恵まれ、紅葉の観賞もできましたし、この日本三名泉の一つである下呂温泉《げろおんせん》で宴席が設けられたのも、一同、大変喜ばしいことであります。更には、満天のママさんにも、ご同席を頂いておりますので、合わせて喜ばしい限りです。これを機に、親睦と融和を、ますます深めて頂くと共に、日頃の疲れを落として頂き、ごゆるりと、ご歓談して頂きたいと思います。なお、カラオケセットも用意してありますが、そこはトラさんの心情を考慮して、歌う歌は全て女性歌手の歌に限らせて頂きます」

上田は、ここで一息ついてから、

「以上、俺はお堅い話し方が苦手なので、これで宴会のあいさつは終わりにして、まずは、ロボさんに乾杯の音頭を取ってもらおう」

「それでは、ご指名を受けましたので、乾杯の音頭を取らせて頂きます。このたび満天のママさんが花を添えてくれましたことに感謝すると共に、我々キャッチ四人組が、更に親交を深めて発展してゆくことを祈念して、乾杯したいと思います。乾杯！」

「乾杯！」

全員が満面の笑みで唱和して宴会が始まった。

このあと、仲居が宴会の進み具合を見極めて、吸い物、刺身、焼き物、煮物などの二汁八菜《にじゅうはちさい》を次から次と配膳してくれる手配になっていた。

「ところで、杉さん！　五臓六腑に酒が沁みわたるとは、このことですね」

と小林が宴会の喜びをあらわにした。

「実に旅行は、いいものですね。お酒と、ご馳走と、温泉で、更にママさんが目の前にいますから、盆と正月が一緒にきたようなものです」

と杉田も喜びをあらわにした。

そして、宴会がまだ始まったばかりだというのに、上田がカラオケで美沙子と手をつなぎながらデュエットしているところが見えた。そのほほ笑ましい二人の姿に、全員、酒を飲むことさえ忘れてしまうほど見とれていた。

歌い終わった上田が、こう言った。

「次はトラさんと杉さんの番で、その次がロボさんだ！　俺が曲を選んでやるから、ママさんと手をつないで歌わないと死刑だぞ！」

上田は、乗せ上手を発揮しながら、慣れた手つきでカラオケをセットした。

美沙子としては、願いの叶ったキャッチ四人組との旅行であったから、素直に上田の指示に従っていた。

最後は橋本の番になって、美沙子と一緒に歌うのであるが、あの日、彼女と、あいびきしたときの苦《にが》い記憶が、またもよみがえってきてしまったのだ。そんな誰にも言えない秘密を知られたくなかったので、彼は必死に作り笑いしながら、どうにかこうにか歌い終えることができた。美沙子のほうも、歌っているときは、笑顔を崩さずにいてくれたので、橋本には救いとなった。

結局、上田の粋《いき》な計らいで、全員が美沙子の温かくて、ふくよかな手を握って歌うことができたのである。

このように、上田は場を盛り上げる能力に長《た》けているので、橋本たちは、いつも上田の心遣いに感謝感激するところである。

その上田が仲居に何やら持ってこさせた。何と思いきや、皿の上に握り寿司が、四つ載せられたものであった。

ここで、上田がこう言った。

「皆の者！　お楽しみのところだが、もっと楽しむために、ここに上等な鮪の握り寿司を用意してある。ただし、その中に一個だけワサビが多めに入っている。杉さんとロボさん、トラさんの三人がじゃんけんして勝った者から順に取って、一斉に食べてもらう。俺は最後に残ったものを取ることにしよう」

そこで、橋本が上田に言った。

「ははぁ〜ん？　ママさんを除外したのは、上さんの思いやりからですね」

「ピンポーン！　俺は、いつも女性の味方だ。この余興で上等の握り寿司をママさんに食べさせてあげられないのが、ちょっと残念だな。それでは、早く三人で、じゃんけんして、勝った者から取ってくれ！」

上田の命令が下って、順番が決まった。最初に握り寿司を手にしたのは杉田で、二番目に橋本、三番目が小林になって、最後が幹事の上田である。

「では、皆の者、大トロの握り寿司を食べるぞ！　ゴー！」

上田の号令で四人は一斉に口に入れて食べると、どうだったであろうか？　じたばたして鼻をつまんでいたのが、いつも紳士面《しんしづら》している杉田であった。その真っ赤な顔の表情と、苦しそうな挙動に皆が大笑いした。結局、最初に握り寿司を取った者が負けて、残り物に福があったのである。

急きょ、美沙子が杉田にお茶を差し出し、介抱していた。

一息ついたあと、今度はビンゴゲームをやることになって、上田はカラオケの画面をビンゴゲームに切り替えた。そして、幹事の上田を除いた四人にビンゴカードが配られて、ゲームが始まった。賞品は一つだけである。

結果が決まった。一番にビンゴしたのは小林であった。

「おめでとう！　トラさんには、素敵な賞品を渡すので、その場で開けて、みんなに見せてくれ」

幹事の上田が笑いながら小林に賞品を手渡した。

小林は、幾分、緊張しながら包装紙で包まれた箱を開けてみると、それは、ピンクの女性用パンティーであった。

それを見た一同、大爆笑した。

「トラさん！　愛する奥さんにプレゼントができましたね」

ワサビで苦しんだ杉田であったから、これぞとばかりに、小林を冷やかした。杉田の隣にいた美沙子は、恥ずかしさで顔を赤くしていた。

ついに、小林は、やけくそになってしまい、「イエーイ！」と叫び、ピンクのパンティーを頭からかぶって、踊り出してしまった。そのことで、またもや、皆の酔った笑いが、宴席にこだました。

恥も外聞もなく小林の道化がここまでくると、何やら楽しさを通り越して悲しくなってしまいそうだが、これこそ、キャッチ四人組だけに通じる苦肉のパフォーマンスと言えるのではなかろうか？

このように、上田の乗せ上手で宴が、たけなわになっているときに、美沙子が橋本の席に、やってきた。そして、橋本に酌をするのであるが、その手が小刻みに震えていた。

「きょうは、大変お世話になりました」

「いいえ、大したことはできませんでした。でも、このあとも、わがままを言っても構いませんから、最後まで旅行を楽しんでくださいね」

「ええ、もう十分に楽しませて頂きましたわ」

美沙子は、いつもの優しい、まなざしで橋本を見つめて、感謝の気持ちを伝えてきた。その見つめた瞳からは、依然として淡い恋心が窺い知れた。これこそ、「目は口ほどに物を言う」との諺を、裏付けるものだった。故に、美沙子は橋本との関係を元《もと》の鞘《さや》に収めたくても、その術《すべ》が見つからず、歯がゆい思いをしているようだった。そのような思いは、橋本とて同じであって、いつも美沙子の面影で、心が揺れ動いている。

そんな、心情の橋本であったにしろ、やはり、過去に彼女と、あいびきをしたときのことが、気になるものである。そのあいびきは彼が生きて行くにあたって、いつのまにか身に付いた『灰汁《あく》』のようなものである。それ故に、橋本は、料理をまずくさせてしまうような灰汁を取り去ったことで、あいびきの談合から逃避できたのである。

そのような決断を下したにもかかわらず、彼は美沙子と対面するたびに、未練心が顔をのぞかせて、やるせない気持ちになるのであった。だから、早く美沙子が、ほかの席に移って欲しいと、心の中で願っているときに、やっと、彼女は橋本の席から離れた。その間隙を突いて、彼は、つがれていた酒を一気に飲み干した。

このように、いつまでも忸怩《じくじ》たる思いに駆られている彼は、なんて面倒な人間なのであろうか。結論は一つしかないのだ。自分を苦しめたくなければ、逃げる道しか残されていないのだ。ほかに何があろう？

他方、美沙子は杉田の席でお酌をしながら、こう言った。

「杉さん。こんな楽しい旅行にご一緒させて頂いて、本当にありがとうございます」

今にも泣き出しそうな美沙子であった。多分、旅行の楽しさと、橋本との悲恋が重なり合って、いっぺんに彼女の胸を突いたのかも知れない。

すかさず、杉田は美沙子の繊細な気持ちを察知して、

「キャッチ四人組ども！　よく聞いてください。こよいは徹底的に酒を飲みましょう！」

杉田は全員に向かってこう叫んだ。

ここが杉田の良いところであって、美沙子によって重苦しくなりそうな雰囲気を、さりげなく、かわしてしまう心配《こころくば》りがあった。

「杉さんよ、よくぞ言ってくれた。俺は飲むぞ。どうせ、明日《あした》はトラさんの運転だし、気楽なもんさ。ワッハッハッ！」

上田は運転手の小林をちらりと流し目をしてから、酒が飲める喜びをあらわにした。

「上さん！　私は昔から安全運転がモットーですから、まかせてください」

と小林が運転手としての責任感を示した。

「ロボさんとママさんも俺と一緒に徹夜して飲もうぜ」

相も変わらず、上田は上機嫌になって言った。

「酒豪の上さんと一緒に飲んでいたら死んでしまいますよ」

と橋本が言うと、美沙子も、

「上さんはお酒にお強いけど、私なんか一合が限界ですよ」

既に、美沙子の頬は、ほんのりと赤く染まっていた。

そして、酒宴は瞬く間に進んで行き、そろそろお開きをする頃合いになっているときに、仲居が、ご飯と汁ものに続いて、水物も出してくれた。

さきほど、杉田から徹夜で酒を飲む話は出ていたものの、それは感受性の強い美沙子の心情を考慮しての、一時的な場逃れの発言であって、心底から出たものでないと、橋本は分かっていた。そこで橋本は言った。

「皆さん！　時間も時間ですし、ママさんをいつまでも引っ張っていてはいけません。この辺で、ご飯を食べてからお開きにしましょう！」

「私も十分に飲みました。これ以上飲むと、二日酔いで運転ができなくなったら困ります！」

　と小林もお開きに賛成してくれた。

「それなら、まず食事を済ませてから、上さんの十八番《おはこ》である『あんたの花道』を歌ってもらって、お開きにしましょう」

　と杉田が指示した。

　了承した上田は、最後に水物のオレンジシャーベットとメロンを食べ終わってから立ち上がり、自らリクエスト曲をカラオケにセットして、大きな声で歌い始めた。

　毎度、上田から聞かされているお馴染みの曲なので、全員で合唱することができて、宴席は最高潮に達した。

　歌い終わって、上田は小林に手締《てじ》めをするように頼んだ。

「それでは、皆さん。『一本締め』ではなくて、『一丁締め』にしますから、手拍子は一回だけですよ。よろしくお願いします」

　小林は前置きしてから、両手をかざして、「いよ〜おっ〜！」と叫んだところで、全員が「パン！」と一回、手を打った。

　最後は拍手をもって宴は果て、各自、割り当てられた部屋に戻ることになった。

◇

同室となった橋本と小林が部屋の中に入ってみると、既に、そこには寝床が用意されていた。

小林は、少しでも酔いを醒ましたくて、冷蔵庫からオレンジジュースを取り出した。そして、テレビのスイッチを入れてみると、アメリカのアクション映画が放映されていた。

それを見て小林は、

「ねえ、ロボさん！　私は、学生のころに映画館で二本立てや三本立てをよく見たものでしたよ」

「確かに、そのころは映画を見るのには、良き時代でしたね。上映中でも入場できましたし、人気映画なんかは、よく立ち見をしたものです」

「そうでした。私は、家庭の経済的な事情で、高校までしか卒業できませんでしたが、アルバイトをして稼いだお金《かね》で、映画ばかり見ていましたよ。何しろ、映画を通じて、今後の人生が見つかるような気がしたからです。だから、日曜日には、大抵、映画館に飛び込みましたよ」

高校生の頃から小林は、映画鑑賞に明け暮れていたという。そのことで、勉学が疎《おろそ》かになって、学力の低下を心配していた時期でもあったようだが、映画の素晴らしいところは、長い時間を費《つい》やして活字を読む書物と比べて、一本二時間程度の鑑賞で見聞できる特徴がある。だから、小林は映画鑑賞をすることで、読書以上の感銘を受けていたと思われる。また、映画には、作品の表現力や説得力に、鋭いインパクトがあるので、小林を夢中にさせていたのではなかろうか。

「私もトラさんと同じように、たくさんの映画を鑑賞していましたよ。何せ、それくらいしか楽しみがなかった時代ですから。それだけではありません。それまでの白黒映画が総天然色になったことで、すごく時代の進歩を感じたときでもありました」

「ロボさん。今や、総天然色という言葉は死語と化していて、カラーと呼ぶようになりましたよ。それに白黒のことをモノクロと言っています」

「そうでしたね。昔の映画を思いだしながら話したので、つい、古い言葉が出てしまいました」

「そのカラーですが、一九六〇年代頃からアメリカが先陣を切って、次々とカラー映画を制作していたので、ほかの映画制作国も追随したため、世界中でカラー化が一挙に進みましたね」

「ええ、そうです。当時のカラー技術といえば、今と比べると相当見劣りしていましたが、大変人気がありましたね」

「ロボさんは、映画がモノクロからカラーに移ったとき、どんな印象を受けましたか？」

「当時の私は、まだモノクロ映画のほうに関心がありましたから、すぐにはカラー映画に飛びつきませんでした」

「そのモノクロ映画の魅力は、どこにあったのでしょうか？」

「やはり、サイレント映画と同じように、色が無いので出演者の表情や動きを想像するところが、大きな魅力でしたね。学生時代に、『史上最大の作戦』とか『地下室のメロディー』を見ましたが、今でも強く印象に残っています。それよりも前に制作された、『禁じられた遊び』や『第三の男』も、あとになって見ましたが、最高の作品だと思います」

「白と黒だけで、感動や共感を呼び起せるのですね」

「そうです。ほかの色に邪魔されないから、重厚な作品を制作することができたのだと思いますよ」

「さすがロボさん！　見る目が違いますね」

「でもトラさん。その頃からテレビの台頭が出始めて、日本の映画産業は斜陽の時代に突入してしまいましたね」

「ええ、残念ながらそうでした。急激にテレビが普及して、日本の映画制作会社は倒産したところもありましたし、全国各地にあった映画館も次々と閉館に追い込まれましたね。何しろ、テレビの良さは、ドラマなど多くの番組を家庭にいながらにして見られるのですから、映画館に行くよりもテレビを見るほうが優先してしまうのは、仕方のないことでした。しかも、テレビは入場料がかかりませんからね」

そんな映画の世界的なブームも、テレビが普及するまでが、全盛期でしかなかった。だが、橋本も心《しん》から映画が好きだったので、小林と同様、暇さえあれば、映画館に足を運んでいたし、今も、その傾向が続いている。と言うことは、誇張して言うとするならば、橋本は、あの大きなスクリーンの中で、主演俳優とお付き合いしたことになる。その影響もあってか、彼は映画の主人公のようなドラマチックな生き方をする人物に憧れたのである。それだけ、映画が生活の一部に浸透していたため、人生に及ぼす影響が強かったのである。だから、学生時代に、立ち見したことや、二本立てを見たことなどの、古き時代にノスタルジアを強く覚えるのである。

翻って、今の時代、映画界の実態はどうであるかと言うと、たとえ封切作品を見逃したにしても、しばらくするとビデオレンタル店で借りて見られるようになっているし、それ以前の作品でも、時折、テレビで放映される場合もあって、非常に便利な時代になったものである。

更に、橋本と小林の話が続いた。

「そうそう、トラさん！　話すのが遅くなりましたが、先月、私は『４Ｄ映画《フォーディー》』というものを見てきましたよ。とても臨場感があって、びっくりしました。これまでの映画界は、テレビに押されて廃《すた》れた時期もありましたが、今や、復活の兆しを感じました。何せ、４Ｄ映画は、椅子が動くし、水が飛び散ってくるなどのアトラクションがあって、うわさどおり楽しむことができました。一度、見て損はないと思いますよ。多分、病みつきになってしまいます」

「へえ〜、水が飛び散ってくると、厚化粧の女性は困りますね」

「確かにそうですが、ひじ掛けのスイッチでＯＦＦに切り替えられました。でも、隣の席に飛び散った水が、自分のほうにも多少かかりましたけどね」

「面白そうですね。遅ればせながら、話のタネに私も４Ｄ映画というものを見たくなりました」

「ぜひ、鑑賞してください。すごく面白かったですよ。つくづく、時代の進歩に驚きと喜びを感じました。人間、長生きするものだと思います。長生きすれば、多くの楽しみと幸せが享受できます。それが４Ｄ映画でした」

その4D映画の、うたい文句は、『目で見るだけではなく、身体《からだ》全体で感じる映画』とPRしている。具体的な特殊効果としては、先に橋本が言っていたように、映画のシーンに合わせて、椅子が前後左右に揺れるし、風も四方から吹いてくるだけでなく、前方からは水が飛び散り、はたまた煙や香りまでも演出してくれる映画館である。それらの衝撃に出くわすたびに、観客は驚嘆して声を発してしまうほどである。まさに、体感するという表現がぴったりの4D映画である。ちなみに、妊婦や心臓に障害のある人などは鑑賞しないようにと、劇場側から注意喚起されている。

今後は、4D映画の人気度が上昇して、アクションや冒険ものの制作本数も増えてくるはずであるから、それに合わせて映画館も、順次、4D席の導入が実施されることになるであろう。いずれ、どこの映画館でも気軽に見られるようになるはずである。今や、映画は、じっとして見るのではなく、体感して熱狂する時代に突入したと言えよう。

「何と言っても、映画はいいものですね。生きて行くための人生に必要なものです」

橋本は映画について、感慨深い気持ちを小林に伝えた。

昔、映画評論家だった亡き水野晴郎《みずのはるお》氏が、テレビで映画が放映されたあとの解説で、「映画はいいなぁ〜」と、得意なせりふで感想を語っていたものである。橋本と小林も、同じ気持ちに間違いなかろう。

ともかく、４Ｄ映画の時代を迎えて、世界の進歩が強く感じられる昨今であるが、古希を迎えた橋本たちは、あと、どれほど時代の進歩を見届けることができるのであろうか？

残された時間は、そう長くはない。

その大切な時間が、映画談議をしたことで、あっという間に消化してしまい、早十二時を指していた。

そこで、橋本と小林は、眠りにつくことになった。

◇

一方、隣の部屋で同室となった上田次郎と杉田真治は、どんな会話を交わしていたのであろうか？

「杉さんよ」

「何ですか？　上さん」

「俺は夜中に用足《ようた》しで二回ほど起きるから、トイレに近いほうの布団で寝かせてもらうよ」

「それで構いませんよ。たくさん飲んだアルコールを出し切ってください」

「杉さんも、きつい冗談が言えるものだな」

「そんなことはありません。明日《あした》も幹事の上さんには、お世話になりますから、二日酔いに注意して欲しいのです」

「ご心配ご無用。朝になれば、アルコールは完全に抜けているはずだ。安心してくれ」

「そうだといいですね」

二人は、温泉街で美しく輝く街灯《がいとう》の見える窓際のソファーに座って、会話を交わしていたが、睡魔が襲ってきたので、部屋の電気を消して、床《とこ》に就くことになった。

床の中で上田が言った。

「ところで、杉さんよ。俺は六十五歳で離婚して、はぐれ鳥になっちまった男だ。しかも、七十歳になっても大酒飲みでいる自分に、ときどき心が、ちぎれそうになるんだ」

上田にしては、珍しく弱音《よわね》を吐いた。

「そんなことで悩んではいけませんね。上さんは素晴らしいキャラクターの持ち主ですから、自尊心を強く持ってください」

「うれしいことを言ってくれるな。杉さんは……」

「私だけでなく、キャッチ四人組の全員が同じ思いでいますよ」

「そうか。杉さんに言われて少し気持ちが落ち着いたよ。ありがとう。明日《あした》のスポーツ新聞が楽しみだな。おやすみ……」

上田は、うつつを抜かしている競輪の前売り車券が的中するのを期待して、すぐ眠りについてしまった。

◇

翌朝、上田次郎は缶コーヒーを飲みながら、ロビーの待合室に備え付けられているスポーツ新聞を見ていた。

それは、インターネットで前売り投票した記念競輪の結果を確認するためだった。

案の定、外れてしまったようで、苦虫を噛んでいる様子が窺えた。

そこに杉田がやって来て、

「その顔では、また車券が外れたようですね？　九人の選手で走る三連単が五〇四通りもあるのですから、そう簡単には的中しませんよ。もう、買うのをやめたらどうですか？」

「そう言われても、宝くじと同じで買わなければ当たらないのだよ！　当てて二人の孫に高級自転車をプレゼントするんだ。その自転車で足を鍛えてもらって、将来は競輪選手になって欲しいんだよ」

「確か、上さんのところは孫娘さんでしょ？」

「今は、女性の競輪選手が復活しているんだ。『ガールズケイリン』と言って、五年くらい前から走っているのだよ」

さすが、上田は競輪に関しては精通している。しかも、年齢別のレースを考案するほどの熱烈な競輪ファンである。例えば、二十代、三十代と十代ごとに選手を区分して、七十代の本人も競争ができるようなレースを夢見ているのである。

それはさておき、本日は名古屋へ十七時までに帰着すれば良いことになっている。それまでには、時間的な余裕が十分にあった。そこで、幹事の上田が朝食の席で、こう案内が下った。

「ええ～、昨日《きのう》の観光と宴会は、滞りなく行われたので、ありがとさん！　酒も、ぎょうさん飲んだから、今朝《けさ》まで、いびきの大合唱であったと察する。しかし、酔って熟睡していれば、自分のいびきも、他人のいびきも、分からないものだ！　ところで、きょうは、時間を調整するために、途中、『日本昭和村』を見学してから名古屋に帰るから、承知してくれ！」

そこは、昭和三十年代の里山をイメージした公園であって、橋本たち団塊世代が小学生のころを思いださせるところである。園内は、そば打ちや陶芸教室など、さまざまな体験施設があり、「やまびこ学校」や「かいこの家」などレトロの雰囲気が漂うテーマパーク型の公園になっている。

一行は、旅館を引けてから一時間ほどで、その日本昭和村に到着した。

入り口から入って、すぐのところに、女優の中村玉緒《なかむらたまお》氏が村長になっている実物大の看板があった。その前で、上田が面白半分に何度もお辞儀をしたり、最敬礼したりしている姿を、小林がカメラの角度を変えながら何枚も写真に収めていた。そんな上田と小林のふざけ合った演技を見ていた美沙子は、笑い転げていた。

もしも、二人のパフォーマンス振りを一枚の写真に収めていたら、さぞかし、面白い記念写真が撮れていたことであろう。七十歳とは思えない二人のふざけた演技を見せられた。

橋本は、レトロな木造の小学校や民家などが再現された敷地内を散策していて、昭和の古き良き時代に、タイムスリップしたかのような錯覚に陥っていた。そして、数々あるスポットで、子供たちが熱中して遊んでいる姿を見て、昔の己が投影されているかのように映った。それこそ、昭和の時代を無我夢中で過ごしてきた橋本であったから、この日本昭和村の一つひとつのスポットに強く郷愁を覚えるのであった。いや、橋本だけでなく、世の団塊の世代たちは、皆、胸がキュンとしてしまうほど、子供時代に戻った感覚を味わっているはずである。

ひととおり公園内を見学したところで昼時になったので、当時の民家を再現した木造建物の中にある食堂に立ち寄った。そこで、橋本たちは、全員揃ってとろろそばを食べることにしたのであるが、上田だけは濁り酒も注文していた。

「前日あれだけ飲んだのに、よくもまぁ、また飲めるものですね」

小林は上田の酒豪ぶりに驚いた。

「酒は、うれしい結婚式でも、悲しい葬式でも付きものだ。きょうは、うれしいから飲むんだよ！」

しかも、

「久しぶりに飲んだこの濁り酒は、うまいから、もう一杯、追加するぞ！」

と言う始末。

「まったく、上さんの酒好きには、誰も勝てませんね」

杉田は、そう言った。

「そうさ。酒は水と同じで、上から下へ流れるものであって、その重力には誰も勝てないのだよ。だから、俺は素直に、上の口から下の胃袋に酒を流し込んでいるだけさ」

酒豪の上田は、強気の言い訳をして、二杯目の濁り酒をうまそうに飲んでいた。そして、最後にとろろそばを食べ終わったところで、全員、車の止めてある駐車場に戻ることになった。

そして、再び小林の運転で帰路に就くのであるが、上田は、濁り酒を飲んだことで、途方もなく陽気な状態だった。

「ママさん、不束《ふつつか》な幹事の私ではありましたが、このたびの旅行は楽しんで頂けたでしょうか?」

上田は、丁寧な言葉づかいで、車中の美沙子に尋ねた。

「ええ、とても楽しかったですよ。一生の思い出になります。それに皆さんが一心同体なところに強く感銘を受けました。思っていたとおり、素晴らしいキャッチ四人組さんですね」

「どういたしまして。ママさんに喜んでもらって光栄です」

二人の会話を聞いていた杉田が、美沙子に、

「またの機会を楽しみにしていますよ」

と礼を言った。

「ママさんの手を握ったときの感触が忘れられません。きょうは手を洗わないことにします」

と小林も美沙子に冗談ぽく言って、感謝した。

「ママさんのお陰で楽しい旅行ができました。またの旅行が待ち遠しいです」

最後に橋本も喜びを伝えた。

ついに、美沙子は、こらえきれず泣き出してしまった。よほど今回の旅行に感激したのであろう。やおら、橋本が涙を拭うハンカチを彼女に手渡した。

やがて、一行の車は予定時間どおり、満天に到着した。

上田は真っ先に車から降りて、同伴してくれた美沙子に、感謝の意を込めて両手で握手しながら頭を下げていた。ほかの者も上田の立ち振る舞いをまねて、美沙子との別れを惜しんだ。

美沙子は、しおらしく、皆に何度も頭を下げて涙ぐんでいた。その涙ぐむ彼女の横顔に、旅行の終わりを告げるかのように、秋の夕日が眩しく射し込んでいた。

「皆さまには、大変お世話になりました。本当にありがとうございました」

美沙子は、かろうじて礼が言えて、夕日に背中を照らされながら、満天の自宅に入って行った。

死

橋本は、春と秋の過ごしやすい季節になると、変速機付きの自転車に乗って、街の移り変わりを探索するのが趣味である。月にして一回程度の試みであるが、住宅地域よりも変貌の度合いが多く見受けられる商業地域を中心に、探索している。いつも自宅でテレビや新聞、あるいは、インターネットでの情報ばかりを当てにして暮らしていては、実《み》のある人生とはいえないと思っているからである。そこで、橋本は自転車に乗って街並みの変貌を発見することで、己の衰えかけた心身に息吹を吹き込もうと考えているのである。いわゆる、街並みの変貌が、人生を歩む橋本の原動力になっているのである。そんなこともあって、八百万人の団塊世代たちも、こぞって自転車で街並みを探索するブームでも起これば、全国の閑散とした街に活気が湧いてくると、橋本は予想している。それによって、日本中の街という街が、よみがえるのを期待しているのである。

本日は、よく晴れた穏やかな日曜日である。橋本は老骨に鞭打って、自転車で街並みの探索に出掛けたのであるが、何故か、自転車のペダルが、いつもより重く感じられたので、変速機のギヤを一つ落として走ることにした。

そして、出発前に計画していたコースを走りながら街を探索していると、そこかしこで古い民家やビルディングが取り壊されているのを発見した。その撤去後の跡地は、おおかた駐車場になるケースが多いと思われるが、果たして、どんな風になるのか、次回の探索が楽しみである。

橋本は、街の中心部に来たところで、自転車を引っ張りながら歩いて、アーケード商店街の中に入って行った。すると、前方から太鼓と鉦《かね》の鳴り物を響かせながら、「チンドン屋」が、練り歩いてくるところに出くわした。付近にいた子供や大人たちは足を止めて、チンドン屋の珍しい、いでたちやパフォーマンスに見入っていた。

そのチンドン屋の背中に掲げられた宣伝用ポスターを注視すると、このアーケード商店街の一角に中華料理店が開店したことが分かった。そこで、橋本が付近を見渡してみると、一カ所だけ人だかりのしているところがあった。どうもそこが開店した中華料理店のようだった。このアーケード商店街には、今まで和食と洋食の店しかなかったから、中華料理店の開店は、きっと繁盛するであろうと、橋本は思った。

このように、街並みを探索することによって、また一つ変貌を発見したことになる。それに加え、久しく見なかったチンドン屋に遭遇したこともあって、橋本は、子供の頃に街頭で「紙芝居」を見たことを、懐かしく思いだされた。自転車の荷台に載せられた十数枚の絵を一枚一枚めくられるたびに、演じ手の弁舌のうまさに感動していたものである。そのほかにも、「めんこ」や「ビー玉」の遊びで楽しんでいたことなども、思いだされた。

更には、鳩を飼育していたことも思いだした。

それには、まず鳩小屋の手作りから始まった。ただし、鳩小屋を作るのには一つ大きな特長があって、「タラップ」というものを取り付けなければならない。

タラップとは、軽い真鍮《しんちゅう》でできたもので、一組二本の棒で構成されているのが普通である。棒の長さは二十センチくらいで、棒と棒とのあいだが五センチくらい空けてあるものだ。橋本は、そのタラップを二組、鳩小屋の入り口につるした。いわば、飲食店などの入り口に掛かっている暖簾《のれん》と解釈すればよいだろう。普通、暖簾は出入《ではい》りが自由にできるが、タラップは、一旦、中に入った途端、元の位置に戻るため、外に出られなくなる仕組みになっている。

橋本は、手作りした鳩小屋から、毎朝、鳩を外に放って、夕方、帰巣する習性を楽しんでいたものである。ただし、鳩を放つにしても、いきなりとはいかない。一カ月程度は、鳩小屋の中に入れたまま餌を与えて飼育しないと、帰巣本能が芽生えないのである。

また、鳩は繁殖がとても旺盛で、年に四回～五回くらい産卵をしていた。卵は一回に二個しか産まないことと、一個目の卵は、二個目の卵を産むまで、一週間くらい温めていないことも知った。少年心に温めていなくて大丈夫かと心配したものであるが、二個目の卵を産んでから一緒に温めることで、結果、二十日くらいで、二個とも、ほぼ同時に孵化《ふか》することも分かった。

更に、鳩を含めて鳥類は、風で羽毛の表面が乱れるのを防ぐために、風上に向いて留まることも知った。

このように、少年期の橋本は、鳩の生態をいろいろと勉強する中で、平和の象徴である「白鳩」や、茶色の「くり」など、さまざまな鳩を番《つが》いで飼って、楽しんでいたのである。

それらの思い出が、偶然、チンドン屋に遭遇したことによって、走馬燈のように浮かんできたのである。いわば、古き時代への郷愁を覚えた次第である。

そこで、橋本は改めて思い知った。自転車で街並みを探索することは、『人生を楽しむ原点』ではなかろうかと……。

さて、橋本はアーケード商店街を通り抜けたところで、ちょうど二時間ほどが経過していたので、本日の探索はそこまでにして、自宅に帰ることにした。

自宅に戻った橋本は、リビングでお茶を飲みながら新聞を読んでいるときに、携帯電話の呼び出し音が鳴った。

「もしもし、橋本さんですか？　上田次郎の息子、上田健二です。実は——」

その内容は、驚くことに上田次郎が、くも膜下出血で死亡したとの知らせであった。

突然の訃報に橋本は耳を疑っただけでなく、返す言葉も失っていた。何しろ、ついこのあいだ、キャッチ四人組の面々と美沙子とで、温泉旅行から帰って来たばかりであるからだ。

橋本は、先ほど街並みを探索するときに、いつもより自転車のペダルが重かったのは、そのせいかと、勘ぐった。

それでも何とか気を取り直した橋本は、続けて健二の説明を聞くことにした。

それによると、二日前のことである。上田次郎は朝食の時間が来てもなかなか顔を見せなかったため、健二の細君が部屋まで呼びに行ってみると、彼が床《ゆか》に倒れていたとのことである。すぐ救急車を手配して病院まで搬送したものの、既に息を引き取っていた状態であったそうだ。

そして、健二が橋本に告げるには、

「本人の遺志により通夜と告別式のご参列はお断りしております。また、ご香典もご遠慮頂いております」

とのことであった。

かねてから、上田次郎は己の葬儀を家族葬にして欲しいと頼んでいたそうだ。

『人は勤め先を辞めれば、ただの人である。上級職に就いていた者であっても辞めれば、ただの人である。そのような人間の葬儀に誰が弔問にこようか？　今どきの弔問者は、単なる対面や義理だけで参列するのが実情である。だから、俺の葬儀は家族とゆっくり過ごせる家族葬にして欲しい』

このように、前々から父が言っていたと、健二から説明があった。

いかにも上田次郎らしい考え方である。更に、健二が言うには、上田次郎は、『キャッチ四人組だけには知らせて欲しい』と言っていたので、本日、電話をしたとのことであった。

「分かりました。ご遺族の皆さん、お気を落とされないように……」

ここで短い電話が切られた。

上田は、以前から己の死を予感していたのであろうか……？

確かに生前中の上田次郎は、よく家族葬を口にしていた。通夜のときには、大好きなベルリン・フィルハーモニー管弦楽団が演奏しているシューベルト作曲の交響曲「未完成」を、朝まで繰り返し流してもらうと言っていた。

また、彼は、いずれ老衰になろうが、あるいは不治の病に冒《おか》されようが、延命措置など取らないで、死ぬ間際まで好きな酒を飲んで、平穏に死にたいとも言っていた。

このたびは、不慮の出来事であったため、そのようにして酒を飲むことはできなかったにしろ、最愛なる息子の家族たちと一緒にシューベルトの「未完成」を聞きながら、通夜と告別式を済まされて、さぞ満足しているに違いない。そして、家族とゆっくりお別れができて、喜んだことであろう。

橋本は改めて思い知った。生物は生存期間の長さに違いがあっても、最後は没してしまうのが、自然界の摂理だと……。そうであったにしろ、親愛なる上田次郎の死を、そう簡単には認めたくないものがあった。

これで上田次郎との親交は、先日の温泉旅行が最後になってしまった。橋本にとって、実に残念無念な訃報であった。

◇

十二月二十日、家族葬を営んだ喪主の上田健二から、実父上田次郎の四十九日《しじゅうくにち》法要を執り行った旨の書状が、橋本政雄の自宅に届いた。

『謹啓　初冬の候　御尊家御一同様には　愈々御清祥のこととご拝察申し上げます　さて過日　左記場所にて亡上田次郎の納骨供養を滞りなく相済ませることが出来ました　茲に

故人が生前に賜りました御厚情に感謝申し上げますと共に　略儀ながら書中を以ちまして謹んで御報告申し上げます　敬具』

　届いた封書の中には、永代供養墓に納骨した寺の住所と、所在地図が添えられていた。

　そこで、橋本政雄は、上田家が家族葬を営まれたことで、通夜や告別式に参列できなかったので、小林利夫と、杉田真治と、満天の美沙子に電話して、十二月二十三日の天皇誕生日の祝日に上田次郎の眠る永代供養墓まで墓参りに行く計画を持ち掛けたら、全員が橋本の意見に賛同してくれた。

　その日は、小林が運転手を務め、助手席に杉田が、後部座席に橋本と美沙子が乗って出発することになった。

　途中、美沙子が、「その節は、どうもありがとうございました」と言って、橋本にハンカチを手渡した。先の温泉旅行の帰りの車中で、美沙子が感激して涙したときに渡したハンカチである。奇麗にアイロンが、かけられていた。

「どういたしまして。あのときは楽しい旅行でしたね」

「ええ、とても楽しかったですわ。でも、あんなに陽気で元気だった上さんが、急に亡くなるなんて、悲しくてなりませんわ」

「それは、私たちも同じですよ」

「きょうの、お墓参り、とても辛いわ……」

「……………」

橋本は涙もろい美沙子の肩を抱いてあげたい衝動に駆られた。

◇

一時間ほど走ったであろうか、小高い山の上に寺は建っていた。到着した寺の駐車場には、桜の落ち葉で、じゅうたんのようになっていた。そこから、橋本たちは永代供養墓の方向へと歩いて行った。

途中、どこかで見かけたような、六十歳代と思われる黒装束の女性と、すれ違った。橋本が後ろを振り返って見ると、彼女の後姿《うしろすがた》は、うつむき加減で危なげな足取りであった。

そのあと、橋本たちは上田次郎の名前が刻まれている永代供養墓の石板の前に来てみると、そこには真新《まあたら》しい仏花が手向《たむ》けられていた。それを見たときの思いは、皆、同じで、先ほどすれ違った黒装束の女性が、手向けたものであると、想像できた。それは、元、上田次郎の伴侶が墓参りに来てくれたのであろうと……。

このとき橋本は思った。もしそうであれば、彼女には、まだ上田次郎と赤い糸で結ばれているような気がしてならなかったし、悲しい中にも、彼女の温かい弔いが感じられて、一層悲しみが増幅するのであった。

そんな中、上田次郎の墓前に立っていた杉田真治が、突然、震える声で語り始めた。

「俺はお前のお陰で自分の存在を知った。お前は俺に生き方も教えてくれた。そして、人生の楽しさや喜びも教えてくれた。だから、俺は、お前の明るい人柄が、うらやましかった。そのお前が、突然、俺たちの前から去ってしまうなんて……。もう会いたくても会えないなんて、とても辛くて、寂しい。寂しすぎるよ……」

杉田は、日常的に「私」という言葉を使っていたのに、このときばかりは、悲しい感情が激しく溢れ出ていたせいか、少し乱暴な言葉遣いで、「俺」を使って、亡き上田に話し掛けていた。いつも、上田が俺と言っていたのを聞いていた杉田なので、自然と「俺」が出たのではなかろうか？　その「俺」の言葉の背景には、上田の「幻影」を追い掛けていたからかも知れない。

そして、杉田は、頬に流れ落ちる涙を拭いもせず、肩を震わせ咽び泣いていた。今までに、見たことのない杉田の姿であった。

続けて、杉田は亡き上田に話し掛けた。

「人は一人で生まれて、一人で死んでいくけれど、ここは一人だけの墓ではない。きっと、お前は俺たちにしてくれたのと同じように、この永代供養墓の霊者たちにも、明るく楽しく笑顔のある浄土にしてくれるであろう。さらば！　わが友よ……」

しばし杉田は、上田次郎の墓前で沈黙したまま、泣いて立ち尽くしていた。その上田次郎と刻まれた名前の右側に、彼の残した言葉が刻まれていた。

それは、『会いに来てくれてありがとう』だった……。

もしも、上田次郎が離婚していなければ、いや、先ほどすれ違った黒装束の女性が元の伴侶とすれば、その伴侶の名が上田次郎の左側に、赤い信女《しんにょ》として刻まれるはずであった。けれども、上田は離婚している身であるが故に、寂しく一人だけの墓標になってしまった。それが、橋本たちには、至極残念であり、更に、悲しみと、やるせなさを増幅させるのであった。

今や、橋本たちは、晴れの天気であっても、悲しみの涙雨《なみだあめ》の状態であった。年を取ると涙腺《るいせん》が弱くなるなんて、ひとごとのように思っていたが、この日は違っていた。

辛うじて、小林利夫が震える声でつぶやいた。

「上さんの人生は、自分だけが楽しんでいたのではありません。周りの我々に気を遣って楽しませてくれたのです」

美沙子は、小林が言ったことに、もっぱら頷くだけで、言葉にならず咽び泣いていた。

「決して、上さんを忘れませんよ」

橋本も、この一言しか言えず、唇をかみしめて泣いた。

思い起こせば、上田は、ひょうきんで元気な男であった。ほかの誰よりも輝いて見えた。真面目な男やハンサムな男よりも、駄洒落《だじゃれ》で人の笑いを誘った彼のほうが、キャッチ四人組の中では一番に人気があった。いつも笑いを誘い、橋本たちの心身を元気にしてくれたし、まさしく、彼は、「笑う門には福来たる」を実践してくれた立役者であった。だから、彼がキャッチ四人組のために、精一杯、尽力してくれた人生には、多大な価値があった。

それなのに、皆を愛し、皆から愛された上田は、もういない。今となっては、彼の面影を忍ぶばかりである。

なぜに、人は永遠の幸せを続けて行くことができないのであろうか？　神は実《じつ》に、むごい仕打ちをするものである。

こんな、橋本たちの沈痛な面持ちの中で、心を癒やしてくれるかのように、寺の鐘が響いていた。

◇

翌日の十二月二十四日のことである。亡くなった上田次郎の息子、上田健二から、橋本政雄に渡したい物があるから、家まで来て欲しいとの電話が入った。

この日は、あいにく朝から細君の慶子が一台しかない自家用車で、己の実家に出掛けていた。そのため、橋本はタクシーで上田健二宅を訪れることにした。

健二宅の前で、タクシーから降りた橋本は、門扉に取り付けられているインターホンを押してみると、健二が橋本の到着を待っていたのか、すぐに玄関の扉から顔を出して、橋本を招き入れた。

「いらっしゃい！　お待ちしておりました」

「お邪魔します」

橋本は、健二と軽い挨拶を交わしてから、玄関の中を見渡してみると、そこには大きな水槽が設置されていて、赤と青のボディーラインを輝かせた美しい熱帯魚が、群れとなって泳いでいた。熱帯魚の中でも、橋本が一番好きな「カージナルテトラ」である。その大型水槽の横には、高さ二メートルほどもある観葉植物の「パキラ」が置かれていた。

そんな、熱帯魚とパキラの二つがインテリアとして、バランスよく生活の中に溶け込んでいて、南国の雰囲気を明るく醸し出していた。

橋本が上田家の室内に見とれていると、

「では、お上がりください」

と健二が言って、橋本を一階の奥にある応接間に案内してくれた。

そこでは、健二の細君が橋本に茶と菓子を出しながら、

「初めてお目にかかります。上田容子と申します。このたびは、父の家族葬をしたことで、参列をお断りして申し訳ありませんでした。それに、父の生前中には、橋本様には大変お世話になりまして、ありがとうございました」

「いいえ、私のほうこそ、お父様には大変お世話になりました。きょうは、お招きくださいまして、ありがとうございます」

「わざわざ、お越しいただいて、すいませんでした」

「そんなことはありませんよ。それほど遠いところでありませんから」

「どうもありがとうございます」

「実は、昨日《きのう》、お父様と親しい仲間たちを連れて、お墓参りに行って来ました」

「まぁ〜、そうですの。きっと父は喜んだことでしょう」

初対面の容子との、あいさつが終わったところで、健二が、

「年末のせわしい時期にお越しいただいて、申し訳ありませんでした。実は、私が橋本様にお渡ししたい物は、そこのサイドボードの上に飾ってあります硬式ボールです。たったこれだけのことで、お越しいただいて恐縮しておりますが、父は私たち家族と食卓を囲んでいるときに、いつも俺が死んだら、そのボールを橋本様に渡すようにと言われておりま

した。高校時代にバッテリーを組んでいたときに使っていたボールだそうです。とても大切にしていて、キャッチャーとしてそのボールを受けていたからこそ、今の自分に成長があったと言っておりました」

それを聞いた途端、橋本は、うれし涙なのか、それとも悲し涙なのか分からないまま、目頭が熱くなった。

そして、健二はサイドボードの上からボールを取り出して、

「どうぞ、お持ち帰りください。父、次郎からのお願いです」

と言って健二が橋本にボールを差し出した。

橋本は、そのボールを手のひらで受け取ったときに、上田と高校時代に野球をしていたときのことが思いだされた。

何しろ、当時の橋本は試合に勝ちたい一心でキャッチャーの上田にボールを投げていただけなのに、今、こうして健二が教えてくれたように、そこまで上田次郎が深く人間性の確立を目指していたとは露知らず、遅まきながら己が恥ずかしく思えた。上田は、橋本が投げたボールに魂が込められていると認めた上で、キャッチしてくれていたのだ。今にして、彼の野球への情熱と、橋本への友情には、感謝感激の極みであった。

その上田は、残念ながら遠いところへ行ってしまい、会いたくても会えないし、声を聞

きたくても聞けなくなってしまった。人間、誰しも、いつかは終わるときがあると分かっていても、彼がいなくなったことは、実に無慈悲な仕打ちにしか思えてならなかった。

これで、キャッチ四人組は三人になってしまったが、この先、二人になろうとも、最後までキャッチ四人組の呼び名を貫き通さなければならないと、橋本は決心するのであった。

橋本は渡されたボールをしっかり握りしめ、上田次郎の冥福を祈った。

「私もこのボールをお父様と同じように、大切にします。どうぞ、ご安心ください。きっと、お父様は、ボールを私に託す望みが叶って、喜んでいることでしょう」

しんみりと、橋本は健二夫妻に言った。

そして、橋本が、帰りのあいさつをしてソファーから立ち上がろうとしたときに、健二が思いだしたかのように、

「橋本さん！　もう一つ、お話があります」

そこで、橋本は座り直して聞く態勢に整えた。

「余談になってしまいますが、実は父の遺品を整理していたときのことです。家の中にある物は、ほとんど整理がつきましたので、パソコンの中の状態も整理しなければならないと調べたところ、インターネットで競輪に投票した三連単が的中していたのです」

そのことを橋本が詳しく聞いたところ、上田次郎は亡くなる直前に行われていた記念競

輪で、九車立ての三連単で二十六万円相当の高配当がついた車券を二千円購入していたのが的中していたとのことである。それによって、競輪の購入限度額が五百万円以上に跳ね上がっていたのである。彼は本命車券はやめにして、ずっと大穴ばかりを狙っていたのが、ようやく的中して夢が叶ったのである。それこそ、冥途《めいど》の土産《みやげ》になったと言えるのかも知れない。

「お父様はお二人の孫娘さんを競輪選手にさせたくて、大穴の車券が的中したら高級自転車を買ってあげたいと、常々、申しておりましたので、ぜひ、そうしてやってください。きっと、お父様はお喜びになることでしょう……」

と橋本が上田次郎の生前中の思いを健二夫妻に伝えた。

それを聞いた健二は、実父が孫たちへの思いやりに満ちた心を持っていたことを知って、感激のあまり橋本に返事をしたくても声が出ず、涙をにじませながら、首を縦にしてうなずくだけであった。そばで橋本の話を聞いていた容子も、すすり泣いていた。

もちろん橋本も、上田次郎の生き方が、いつも『愛』を振りまいていたのを知っていたから、彼の死は、惜別の情を禁じ得ないものがある。そんな悲しい胸中の橋本であっても、上田との良き思い出を、健二夫妻に話してあげたかった。だが、どうしても話す前に、悲しみのほうが先に湧き起こってしまい、それが、できなかったのである。いつか、悲しみが癒えたときに、たくさんの思い出話をしてあげたいと思った。その、いつかは、いつになるのか分からないが……。

やがて、橋本は御暇《おいとま》するときが来たと判断した。本当のところ、彼は、まだ上田の面影が、そそこに見受けられる部屋の中にいたかったのであるが、後ろ髪を引かれる思いで、応接間から離れた。

玄関から外に出てみると、いつのまにか小雨が、ぱらついていた。その雨は、橋本の悲しい胸中を察して、降らしているかのように思えた。すかさず、容子が雨傘を差し出してくれたのだが、橋本は受け取らなかった。無性に濡れて帰りたくなったのである。そんな橋本の鎮魂《ちんこん》の思いを容子は汲み取ってくれて、雨傘を下げてくれた。恐らく歩いて帰ると一時間ほどかかってしまうが、橋本は、それでも構わないと思った。上田次郎との厚き友情を思いだしながら歩けば、短い時間だと思った。十二月の雨に打たれても冷たさなんか感じないと……。そして、悲しい涙も雨が一緒に流してくれると……。

橋本は、上田が大切にしていた思い出のボールをズボンのポケットに押し込んで、雨の中をひとり歩き出した。

健二と容子は、橋本の後ろ姿が見えなくなるまで見送っていた。

　橋本政雄は、上田次郎の死で失意に落ち込んでいるのに、また一つ悲劇が襲ってきた。それは、上田健二宅を訪問した翌日のことである。愛犬のラブラドールリトリバーの雄《おす》が、老衰で死んでしまったのである。

◇

　この日に限って、一番の喜びにしている朝の散歩に出掛けようとしなかったのである。ここ最近、息遣いも荒くなっていたし、段差のあるところを越えるだけでも、ぎこちなかったから、とうとう、お別れのときが近づいてきたと、橋本は察していた。

　橋本は半死半生の愛犬を、そっと撫でたり、話し掛けたりして励まし続けたが、老衰には克《か》てず、その日の昼時に、掛け替えのない命を失ってしまったのである。この先、一緒に散歩することができなくなってしまった橋本は、こらえようのない寂しさと悲しみに包まれた。

　大型犬は、人間の年齢に換算すると、一年で七つ年を取ると言われている。単純計算してみると十四年生き抜いてくれたから九十八歳での大往生であった。とは言え、愛犬が命を絶ったときには、橋本が無念の涙を流したことに変わりはない。

　ところで、橋本が犬を飼おうと決断したのには、一つの理由があった。それは、伴侶との不仲が原因としてあったからだ。結婚指輪だって、いつのまにか左手薬指から消えている。そんな夫婦関係の不穏な時期に、犬に癒してもらいたいと考えたのである。このような考えは、犬にはまことに申し訳なかったが、どうしても心の支えが欲しかったのである。無論、犬を飼うからには、最大限の愛情をもって育てるのが大前提であることに変わりはなかった。そのことを重々承知した上で、思案の末に犬種を決めたのが、雄のラブラドールリトリバーであった。

事前に書店で購入した犬の専門書によると、このラブラドールリトリバーは、水を怖がらず泳ぎが達者で、かつ、性格が穏和で無駄吠えや攻撃性が低いとのことであった。その上、成犬になると、とても大きくなるが、女性や子供でも十分に扱える家庭的な犬と教えている。現在、世界で最も飼育頭数の多い犬種だそうだ。そのようなラブラドールリトリバーの子犬を、橋本がペットショップで手に入れたときには、血統書も付いていた。

そもそも、橋本は、犬を飼育しようと決めたのが五十六歳のときであり、大型犬の寿命からして、十年くらい先までは、必ず、犬の世話ができると判断してのことであった。なにぶんにも「忠犬ハチ公」のように飼い主が先に、いなくなってしまったら犬が可愛そうだからだ。だが、うれしいことに、愛犬は十四年も生き抜いてくれたのだ。今や、橋本も七十歳までに到達しているが、その間、彼と愛犬は仲良く信頼関係を築き合って来たのである。

また、犬の名付けをするにしても、橋本は慎重に考えて決めている。特に、犬や猫などのペット類の名前は、どこの飼い主も、おおかた洋語で名付けているのが普通であるが、それに反して、橋本は最初から母国語で名付けるつもりでいた。

そして、考え抜いて、名前が決まった経緯《いきさつ》は、次のとおりである。

橋本は、勤める鉄道会社で、それなりの役職に就いて仕事をしていた。だが、犬だけは、威風堂々と大物に育って欲しいとの強い願望があった。特に、ラブラドールリトリバーは、数年で大型犬になることや、雄であったことの特徴をつかんで考えた末、「社長」と名付けたのである。加えて、シンプルで響きも良く、呼び易さもあって、社長という名に、ふさわしいと確信している。これによって、言い過ぎかもしれないが、橋本は、社長の部下になってしまった。

毎朝、社長と公園に出掛けたときのことである。橋本が「社長！」と呼びつけると、付近にいる人々が、必ずといっていいほど振り向いたものである。それだけ日本人には、社長という肩書に関心があるのか、それとも単に会社の社長が近くにいるとの錯覚に囚われただけなのか、橋本にはよく分からない。だが、同じ公園でマルチーズと散歩中の若い女性が橋本に話し掛けてきて、「社長さんと呼んでいますけど、とてもユニークな、お名前ですね」と言ってくれたのが、橋本には、一番うれしかった。

とにもかくにも、橋本は飼い犬に社長と名付けたことに満足している。

それはそうと、亡き上田次郎が可愛がっていた猫の名前もユニークだった。たまたま、彼が酒のつまみにしようと七輪《しちりん》で秋刀魚《さんま》を焼いていたときのことである。猫が秋刀魚を欲しそうに鳴いていたので、「ちょっと待って！」とか、「ちょっとだけだよ！」と言っている内に、猫の名前を「ちょっと」と決めたそうだ。いかにも上田らしく、面白い名前を付けたものである。

そんな明朗快活であった上田が、ついこのあいだ、この世から去ってしまったのだから、何とも寂しい限りである。今も、橋本は親友の彼に会いたいとの気持ちが、胸に強く焼き付いていて、悲しい日々が続いている。

ここで、話を元に戻そう。

毎朝、橋本が社長を連れて公園を散歩しているときに、一つ気づくことがある。それは、飼い主が犬の糞を持ち帰らないため、そこかしこで糞が見受けられることである。

そのような実態を把握している自治体は、犬の飼い主が散歩しそうなところに、糞を持ち帰らせようと、警告の看板を至るところに設置している。しかしながら、糞は一向に減る傾向にない。まこと、マナーの悪い飼い主がいて困ったものである。おまけに、放置された糞は、土の色とよく似ているため、気づかないことが多いし、落ち葉で隠れている場合もあって、人々に注意を促す必要があるが、果たして出来るであろうか？　いつも散歩やマラソンをしている大人たちは、糞を踏まないように気を付けているようだが、遊んでいる子供たちの多くは、その点、無防備である。やはり、根本対策は、飼い主に持ち帰ってもらうしかないようだ。

そこで、橋本は、マナーの悪い犬の飼い主による、「糞害《ふんがい》」で「憤慨《ふんがい》」していることもあって、愛犬と公園に出掛けたときに、一つ実行している対策がある。

それは、短冊状に切ったダンボールを真ん中で二つ折りにして、両面にマジックで「飼い主の資格なし！」と書き、糞のそばに立て掛けて置くのである。そのようなことをしておけば、次の日、不謹慎な飼い主の目に留まって、多少なりとも糞の放置が減るのではないかと考え、根気よく実行している。また、公園内を清掃している人にも、糞が簡単に見つけられて、清掃がしやすくなると、考えての行動である。

いつでもどこでも、公園の利用者が糞を気にしないで、楽しく花見会やボール遊びができるような環境になることを、橋本は願っている。

翻って、橋本は、愛犬の社長が生存中であった頃の日常生活を思いだした。橋本の飼っていたラブラドールリトリバー犬は、盲導犬や警察犬として調教されていることもあって、期待どおり律儀に育ってくれた。それも、成犬になったころの体重は、何と四十キロ近くになっていたのである。それもそのはず、与えたドックフードを一気に平らげてしまう大食漢である。しかも、噛んで食べるのではなく、ほとんど飲み込みに近い食べ方である。いわゆる、人間のように味わって食べるのではなく、腹が膨れればいいという感じである。それどころか、人間だったら、毎回、食事のメニューを変えて食べるのに、犬は長いあいだ、同じドッグフードを食べても、よくぞ飽きないものだと驚嘆してしまう。ただし、いきなりドッグフードの種類を変えて与えると、ほとんどの犬は、ストレスが生じて食べないそうだ。そのため、新しいドッグフードに切り替えるときは、十日ほどかけて、一対九から二対八へと順次変えていくのが、賢明な策とされている。

ところで、橋本の愛犬は、散歩中にリードを外しても、必ずそばにいてくれたし、細君顔負けの愛嬌《あいきょう》と忠誠を尽くしてくれた。

更に、犬のコマンド用語にしても、洋語で教える飼い主が多い中、橋本は母国語で二十単語ほどを覚えさせていた。

そんな社長が、ついに亡くなってしまい、悲しみが、じんと込み上げてくる。橋本は、あらかじめ用意していた棺《ひつぎ》に愛犬を納めて、線香もたいて冥福を祈った。

『社長よ！　ひどく怒ったときもあったけど、ご免よ……。いつも私を楽しませてくれてありがとう』

橋本は心の中で感謝の気持ちを伝えて、天国へと見送った。

旅

連続して、掛け替えのない上田次郎と愛犬の死が起きてしまったことに、橋本政雄には悲しみが重すぎて、痩せさせていた。

特に、上田とは楽しき思い出が、たくさんあったし、彼がキャッチ四人組の中でも特異なキャラクターの持ち主だったので、その影響が橋本の心に深く焼き付いていたのも、痩せさせたゆえんであろう。

愛犬の社長だって、家族と同じように触れ合って、信頼を深めてきた間柄《あいだがら》であった。

そんな上田と愛犬の死は、橋本にとって極まりない悲劇であった。

この日、橋本は、上田健二から授かったボールを握りしめながら、愛犬の棺《ひつぎ》の前で、いつまでも物思いにふけっていたが、意を決し、杉田と小林を満天に招集することにした。

その目的は、上田次郎の霊を弔うためと、キャッチ四人組の今後の方針を決めるためである。

そこで、橋本は満天に電話を掛けた。そして、会合の予約日を美沙子とやり取りする中で、今回の目的を知った彼女も参加したいとの強い要望があったのである。それだけ、上田の死で、彼女の心にもポッカリと大きな穴が開《あ》いていたようである。

結局、会合の日取りは、満天の定休日にあたる十二月二十五日の月曜日に決まった。それは、早くも本日の六時である。即刻、橋本は杉田と小林に電話連絡した結果、二人の了承が得られた。それに伴って、愛犬のペット葬儀は、翌日の午前中にすることを寺の住職に頼んだ。まさしく、年末を迎えて忙しくも悲しい日々が、続いている橋本であった。

——何年前になるであろうか？　橋本たちが高校の卒業を間近に控えた二月上旬のことである。スキーの下手な上田を志賀高原のスキー場に、無理やり連れて行って遊んだことがあった。

その日のスキー場は、豪雪のあとで、一面、銀世界だった。

「俺は『スキー』なんかよりも、『ウイスキー』のほうが、『好き～』だ！」

と未成年の上田はロッジで得意の駄洒落《だじゃれ》を放って、ゲレンデで滑ろうとしなかった。そこで、橋本たちは、上田を強引に連れ出して滑らせたことがあった。

上田は、どうにかこうにか、ボーゲンで滑降していたのであるが、なぜか急に直滑降《ちょっかっこう》になってしまい、そのままゲレンデの外に出て見えなくなってしまった。心配した橋本たちは、現場に急行したところ、上田が積雪の中から頭だけ出して、地団太《じだんだ》を踏んでいるところを発見したときの様子が、とてもおかしくて、皆で大笑いしたことがあった。

また、橋本たちが二十歳《はたち》の頃の出来事である。当時、隆盛《りゅうせい》を極めていた「ジャズ喫茶」に入店したときのことである。

四人掛けの席で、コーヒーを飲みながらモダンジャズを聞いていたときに、上田が、にやにや笑いながらトイレから戻ってきて、小声で、「トイレの壁が客の落書きで、いっぱいだったので、俺も書き込んできたけど、お前たちには教えてやらないよ」と意味深《いみしん》に言ったのである。すかさず、杉田と小林と橋本の三人は、トイレに行って上田の落書きを宝さがしの気分で探し回ったことがあった。やっと、小林が落書きを発見したところには、『キャッチ四人組は、城と石垣と堀』と書かれていた。上田は武将、武田信玄の名言を、少し、もじって書いていたのである。その落書きを解釈するならば、多分、こういうことであろう。

『キャッチ四人組は、信頼できる堅固なもの』

このように橋本たちは、何かに付け、上田との楽しい思い出がたくさんあって、彼の存在感は、最後の最後まで揺るぎないものがあった。

◇

――予約した六時がやってきた。満天の貸し切り状態の中で、美沙子を含めた四人だけの会合が進められようとしていた。

最初に一分間の黙とうをしたあとに、橋本が話を切り出した。

「残念ながら、上さんは帰らぬ人になってしまいました。これでキャッチ四人組が三人になってしまい寂しい限りです。昨日、私は上さんのご自宅に呼ばれたときに、高校時代に野球部で使っていた硬式ボールを受け取りました。そのとき、心に誓ったことがあります。それはキャッチ四人組が、この先、三人から二人になろうとも、ずっとキャッチ四人組の呼び名を残さなければならないと決意したことでした。そして、今は残った三人で深い絆を堅持しながら、末永く交流を続けていきたいと思っております」

「それは当然のことと受け止めていますよ」

杉田は言った。

「安心していいですよ」

小林も言った。

「ただし、ここの満天で例年十二月に行っている忘年会は、今回、中止にしたいと思います」

と橋本が提案すると、

「それは喪に服すのですから当然でしょう。それに、今年は、あと数日しか残っていませんね。既に新年へのカウントダウンが始まっていますし、中止しか選択肢はありません」

杉田は橋本に同意した。

「定例行事だったのに、ママさんの期待を裏切って申し訳ありません」

小林は隣に座っている美沙子に、わびた。

「そんなことありませんよ。やむを得ないことですもの……」

美沙子は今にも涙を連れて来そうな顔つきで言った。

きっと、愉快な上田と手をつないだことや、ふざけ合ったことを思い出したのであろう。

そのとき杉田が言った。

「今年は、ママさんには花見会や温泉旅行に参加して頂いただけでなく、長いあいだ、温かく接客もして頂きまして、一同、感謝しております。つきましては、ママさんに、ひとつお願いがあります。それは、キャッチ四人組のメンバーに加わって頂きたいのです。皆さん、いかがなものでしょうか?」

誰もが全然、考えもしていなかったことが、突然、杉田の口から飛び出した。

すると、小林が、

「ぜひキャッチ四人組に加入してください」

と美沙子に頼んだ。

橋本のほうと言えば、美沙子と再び不倫に身を焦がすことが心配であったけれど、

「杉さんの考えに異論はありませんよ」

そう言って、杉田の提案に賛同するしかなかった。

このあと、皆が美沙子の返事に注目した。

「とても喜ばしいお話ですけど、お店のお仕事がありますから、それは勘弁してください」

「いや、都合のいい日に参加して頂くだけでもいいのです」

杉田は美沙子に頭を下げて頼んだ。

「名前を連ねてくれるだけでも構いません」

小林も頼んだ。

「亡き上田のためにもよろしくお願いします」

橋本は、こう言うしかなかった。

とうとう三人の要望が美沙子に通じたようで、

「……私はいつも皆さんの友情の深さに見とれていました。私にもそんな固い絆で結ばれた友人が欲しいと望んでいました。それが皆さんからのお声がけで、花見会や温泉旅行ま

でもお付き合いさせて頂いて、本当に楽しい経験ができました。今、こうして私をメンバーの中に、お誘いくださるなんて大きな喜びです。足手まといにならないように皆さんとご一緒に、末永くお付き合いが、できればと思っております。上さんの代わりには到底及びませんが、どうぞご指導をよろしくお願いします」

美沙子はキャッチ四人組の加入を決心して語った。

ここで杉田が言った。

「上さんが大好きだったママさんが、上さんのピンチヒッターで登場しました。みんなで喜びましょう」

杉田は野球中継の解説者のように話して、美沙子の加入を歓迎した。

「やはり、キャッチ四人組は四人でなくてはなりません。交渉成立で、うれしい限りです」

小林も喜びをあらわにした。

「不束な私ですが、どうぞよろしくお願い致します」

美沙子は、そう言って、深々《ふかぶか》と頭を下げた。

これによって、橋本は、美沙子がキャッチ四人組に加入したことで、彼女との接点が増えてしまうことに、危惧の念を抱いた。それというのも、橋本は美沙子と決別した間柄《あいだがら》であるのに、再び禁断の愛が芽生えてしまいそうな不安があったからである。正しくは、美沙子を愛して罪があるならば、きっぱり彼女を忘れることこそが、本当の愛であると解釈するべきかも知れないが……。

またしても、橋本は、彼女への愛しさが募ってしまい、もがき苦しんでしまうのであろうか……。

今後の橋本が、清廉潔白さを保てるか、大きな課題になった。

◇

キャッチ四人組の存続と美沙子の加入が決まって一段落したあとに、橋本政雄が話し出した。

「実は、上さんが亡くなって、私は無性に寂しい日々が続いています。きょうは愛犬が老衰で死んだばかりです。そのためか、今一度、自分の過ぎ去りし人生を振り返ってみたくなったのです。すると、何のことはありませんでした。職場に勤めていた頃は、上役に媚《こび》を売って仕事をしていましたし、部下には、顔色をうかがうなど、いつも御身《おんみ》大切な働き方しかしてきませんでした。それに加え、家庭では家族との不一致を避けたいがために、やたら融和のことばかりを考えて暮らしてきました。いわゆる、一口で言えば、水面を見つめている『めだか』みたいな暮らしをしていました。そんな私であっても、以前から、自分を奮い立たせるような行動を起こさなければならないと、真剣に考えていたのです。大げさに聞こえるかも知れませんが、『人生とは何ぞや』と、何度も自問自答してきました。でも、簡単には答えが出てきませんでした」

と橋本が己の生き様を皆に説明した。

「気を落とさないでください。喜びも悲しみも、みんな人生ですよ」

と小林が言った。

「ロボさん。人生なんて考え詰めるほど深刻じゃありませんよ。かと言って考えただけで分かるほど甘くもありませんが……」

杉田は文筆家の梅田晴夫氏の格言を引用して言った。

それに対して橋本は、こう言った。

「今、杉さんが人生の格言を一つ、おっしゃいましたが、ほかにも驚くほどたくさんの格言があって、どれを信じてよいものか、どれを参考にしてよいものか、私は戸惑いを隠せませんでした」

「それで、どうしようとしたのですか?」

杉田は橋本に聞いた。

「はい。私が今まで良しとしてきた『平凡』とか『中庸』とかの精神は、人生を豊かにする価値に乏しさを感じたのです。そこで、七十歳の今にして人生とは、いつもチャレンジ精神を忘れずに生きていくことが大切であると、再認識したのです」

「ロボさんの、おっしゃるとおりです。老人だからと言って、座して死を待つことはありません。チャレンジしてこそ人生ですよ。それで若さが、よみがえるのです」

杉田は橋本のチャレンジ精神に賛成した。

「そうです。人間、何よりも、つらいのは、何もしないで散ることです……」

と小林もチャレンジ精神の重要性を説いた。

このあと美沙子が橋本に、

「もしも、ここに上さんが、ご一緒でしたら、人生について何とおっしゃるでしょうか？」

美沙子は、この重苦しい雰囲気の中、上田の死で今も深い悲しみに包まれている橋本に聞かなくてもいいことを聞いた。

「うぅーん……。上さんは突拍子《とっぴょうし》もないことを言い出す人ですから、良く分かりませんが、『泣いて生まれて泣いて生きる』くらいのことを言いそうですね。もしかしたら、今の私に一番見合ったセリフかも知れません……」

「そんなに卑下することはありませんよ」

美沙子は、橋本に愚問を投げ掛けて、彼が、ますます苦しんでしまったことに気づいて、とっさに弁解じみた慰めの言葉を発した。

そんな中、杉田は、美沙子と橋本の会話を聞いていた影響があったせいなのか、亡き上田の存在を惜しんで、こう言った。

「上さんが亡くなって、得意の駄洒落《だじゃれ》が聞けなくなって、寂しい限りです。でも、草葉の陰で笑いながら、私たちを見守っていますよ」

杉田が輪をかけて悲しみを呼び戻すようなことを言ったので、しばし、部屋の中は沈黙の空気に包まれてしまった。

――そのあと、美沙子が橋本に尋ねた。

「それで、ロボさん。何にチャレンジするのですか？」

「遅くなりました。それは、車で日本を一周する旅に出掛けることです」

「まあ～！　日本を一周するの？」

美沙子は目を丸くして驚いた。美沙子と同じように杉田と小林も驚いた。驚いた三人は、日本を一周する長途《ちょうと》の旅が、具体的にどんな計画なのか知りたくて、次に続く橋本の話を待っていた。

「今年で七十歳を迎えた私は、疾《と》うに人生の折り返し点を通過しています。ならば、残りの人生は、単に引き算するような生活ではなくて、有意義に送るべきであると考えました。何しろ、今までの私は、大切な時間を無駄にしないようにとの、気概だけは持ち続けていましたが、毅然たる指針が無かったせいで、いつも指で宙をつかむような生活をしていました。すなわち、人生の、ときめきを忘れていたのです。それで、私は、今でこそ、何か、やらなければならないことがあると思って、あれこれ自問自答してみた結果、日本一周の旅であることに気づいたのです。要は、旅して、自分の心に秘めている雑念や妄念を払拭して、今までに体験したことのない大きな解放感や熱い感動を会得したいと考えたのです。それによって、今後の人生が満足感と充実感で、みなぎるようにしたかったのです。それには、おおむね三カ月間ほど費やして、その目的を達成しようと決意しました。いや、三カ月と言わずとも、一年でも良しと思っています」

翻って、橋本は、これまでの人生でチャレンジしたものには、一体どんなものがあったのであろうか？　若いころで言えば、高校や大学に進学するために受験勉強をしたことであろうか？　それとも鉄道会社で、がむしゃらに仕事をしたことであろうか？　あるいは、結婚を望んで、求愛したことであろうか？

いずれの場合も、万人が時流に乗っかって目指すものであって、失敗したら、やり直しができるものばかりである。いわんや、取るに足らないものと言えなくもない。

だが、日本一周の旅で目指すものは、ふつふつと生きる気力が湧いてきて、より人生を楽しく、より美しく感じ取れるものでなければならない。そのためには、己の古い殻を打ち破って、チャレンジする気迫が重要であって、もはや時流に託すような考えは許されないことであった。

「なるほど。ロボさん、大いなる計画ですね。ここで、また一つ格言を思いだしましたよ。『四十、五十は洟垂《はなた》れ小僧、六十、七十は働き盛り、九十になって迎えが来たら、百まで待てと追い返せ』と叱咤激励《しったげきれい》した偉人がいましたね。今は、百歳まで生きられる時代ですから、何事も七十歳程度で挑戦を諦めていてはいけませんね」

杉田は渋沢栄一氏の格言を引用して、橋本のチャレンジ精神を応援した。

「杉さんの言うとおりです。何もかも、諦めて死んでしまうよりも、有意義なことにチャレンジして死んだほうが、いいに決まっています。何しろ、男ですから、チャレンジ精神こそ絶対に必要です」

小林は橋本の考えに共鳴していた。

更に、橋本は話を続けた。

「私は、外国も旅の対象に浮かびましたが、必ずや、言語面や宿泊面などの不自由さを感じると思いましたので、外国への旅は断念しました。その点、日本だったら、宿泊施設は全国にたくさんありますし、食堂やコンビニ、コインランドリーなども、至るところにありますから安心できます。それらの施設をうまく利用しつつ、日本一周の旅にチャレンジすることに決めたのです。まだまだ日本には素晴らしい観光地が、たくさんありますから、思い出深い旅になると期待しています。そして、旅によって、本物の自由を体験すると共に、これまで生きてきた喜びを感じ取りたいと思っています。すなわち、生きることは、最後まで旅することであると考えました。残りの人生が短くなった今だからこそ、前向きに生きていくべきであると、やっと自覚できたのです。もっと言うと、旅は新しい自分を発見する場だと思います。そのような気概をもって、チャレンジすることにしました。なおかつ、話は飛びますが、私は日本一周の旅を全うした暁には、今まで抱《かか》え込んでいた、何の思い入れも無い品物を『断捨離《だんしゃり》』して、簡素な住まいで質素な暮らしをするように、心がけるつもりです」

「素晴らしい考えですね。以前のように消費が美徳とされる時代は終わりに来ていますから、老いてきたら、断捨離は必要だと思いますよ。周りの環境が整然とされて気分も良くなるでしょうし、何よりも、残った家族が捨ててよいものか、悪いものか、判断に困らなくて済みます。ごみごみした家の中だったら整理整頓して奇麗にするべきです。ところで、面白いことに、人間の身体《からだ》にも断捨離したくなるものがありますよ。それは、『眉毛』です。若い女性は、眉毛を取り去ってまでしてメイクアップに専念していますから、もはや、眉毛は断捨離の対象になりましたね」

小林は、眉毛を引き合いに出した冗談を言って、断捨離の必要性を説いた。

ここで、美沙子が口を挟んで、こう言った。

「眉毛は別にして、ロボさんの計画している日本一周の旅や断捨離は、素晴らしいお考えだと思います。本当は、私も日本一周の旅に参加したいのですけれども、お店のお仕事がありますから、とても三カ月なんて無理ですわ。でもロボさん！　日本一周の旅は、新しい人生を踏み出す一歩であって、次に飛躍するチャンスでもありますから、とても有意義な行動だと思います。一度しかない人生です。頑張ってチャレンジしてください」

美沙子は、橋本の日本一周の旅と断捨離の決意を褒め称え、そして、勇気づけした。

「そのとおりです。『為《な》せば成《な》る、為《な》さねば成《な》らぬ何事《なにごと》も、成《な》らぬは人の為《な》さぬなりけり』ですよ。それに、旅については、俳人の松尾芭蕉が、『おくのほそ道』で旅行記を著作して感動を与えてくれていますし、イタリア人のマルコ・ポーロだって長い旅の経緯《いきさつ》を口述して『東方見聞録』で明らかにしていますから、旅には大きな意義と価値があると思いますよ。人生の景色を見るとでもいうのでしょうか？　旅は旅人に寛容さを教えてくれるような気がしますね」

杉田は旅の魅力を教示した。

そこで、俳句の好きな小林が、橋本の旅を想定して一句、放った。

「春うらら　人生行脚《じんせいあんぎゃ》　いざ何処《いずこ》」

「トラさん！　その一句、風雅な趣があっていいですね」

杉田は小林の俳句に感銘を受けた模様だ。

「ロボさん！　できましたら、その日本一周の旅に、私も参加させてくださいませんか？」

突然、杉田が旅の参加を申し出た。

すると、

「ぜひ、私もお願いします！　車の運転なら任せてください。そのときには、シニア大学に休学届を出しますし、新聞配達も休みます」

と小林からも旅の申し出があった。

「ありがとう。杉さんとトラさんが一緒だと、心強くなります。もともと、私はキャッチ四人組と一緒に、日本一周の旅を実現したいと願っていましたので、お二人が先に手を挙げてくれて、とてもうれしく思います」

橋本は喜びをあらわにした。

「ちゃんと、『旅は、道連れ、世は情け』になりましたね」

と美沙子が橋本たちの結束力と友情の厚さに感心しながら言った。

「ええ、そうなりました。私が思うに、旅はドラマだと思います。一コマ一コマ、二度とないドラマです。そのドラマを大切にして、価値ある人生を目指すのです」

「でもロボさん。普通なら奥さんと一緒に出掛けるのではないですか？」

杉田は、橋本が細君を差し置いて、日本一周の旅をする決意に疑問を抱いて、単刀直入に聞いてきた。

対して橋本は、

「……夫婦の営みなんて、惚れた腫れたのは当座のうちであって、いつしか、いさかいが大きくなって、恨みが芽生えてしまうものです。今、私がつくづく思うのは、愛なんて愚かなもので、お互いの夢や希望を引き裂いてしまうものです。人を信じない人がいる世界なのに、性懲《しょうこ》りもなく人を信じてきた私が馬鹿だったのです。もう、この世に永遠の愛が存在するなんて信じられません。これまでの妻と私は、本音を隠していたので、気持ちが通じ合わなかったし、元々、人生の方向性が違っていたのです。つまり、私たち夫婦は、ごまかしで生きてきたのです。でも、そんな妻との間遠《まどお》な関係が長いあいだ、続いているのに、いざ、終止符を打とうとしても決断がつかない私です」

ついに、橋本は細君との不仲が幾星霜と続いている事実を、この会合の場で打ち明けてしまった。

「ロボさん！　私の話を聞いてください。いつの世でも、真面目な男が結婚すると、甘える女房から多くの苦難を背負わされてしまうものです。だから、男は結婚した途端、終身刑を告げられた犯罪者と同じかも知れません。女房によって、がんじがらめにされて、自由に生きられないのです。しかとて、世の男たちに『結婚するな！』と、おいそれとは言えません。結局のところ、女房は『瘡蓋《かさぶた》』みたいなものですから、無理に取ろうとすると痛くて血が出てしまうので、ほっとくしかないのです。いわゆる、良き日が訪れるのを我慢して待つしかないのです」

小林は自身の考えを橋本に伝えた。

「いやいや、そうじゃありませんよ。夫婦は二人で築き上げてきた立派な歴史があります。ですから、単純に奥さんを恨んだり、避けたりするのではなくて、奥さんを愛し続けて負けるのが、男の価値だと思います。そんな男の美学を発揮して奥さんとの関係を修復するように、もう少し頑張ってください。そうすれば、きっと心の垣根が越えられるはずですし、必ず、奥さんはロボさんの胸に飛び込んできますよ」

この杉田の思いやりに満ちた言葉に、橋本は感謝した。それだけではなかった。小林や杉田が親友でいてくれるのが、とてもうれしくて、身震いした。ついては、細君と、よりを戻すように、精一杯、努力しようと心の中で誓った。そして、日本一周の九十日間が、夫婦の良き冷却期間になってくれれば、喜ばしいことだと思った。

ここで小林が、

「杉さんは、聞き上手で話し上手ですから、とても、かないませんが、ともかく、ロボさん！　人生なんて何度でも、やり直しが利きます。頑張ってください」

またまた小林に励まされた橋本であった。

このあと、美沙子が口を開いた。

「夫婦の関係って難しいですね……」

橋本が細君との不仲で苦しんでいるのと同じであるかのように、美沙子の発した、その一言が、橋本は気になった。

一時期、橋本は美沙子と夫婦《めおと》になれるものなら、一日が一生でも構わないと思ったほど熱情的に愛していた。今も、その気持ちは変わらない。しかしながら、あの日の熱い恋愛感情は、苦渋の決断をして水に流したのである。だから、彼女に接近したくとも、禁断の関係にあるからして、もう、それを繰り返すことが出来ないのである。

それなのに、美沙子の一言によって、過去のあいびきを思い起こされてしまったのである。あわよくば、その美沙子の言葉に乗じて、もう一度、真一文字《まいちもんじ》に彼女を愛して、起死回生を図りたいと思ってしまうのである。それこそ、橋本は、何度でも美沙子を愛することができるのである。こんな不合理とも不条理とも言える男心は、男でしか分からないものなのかも知れない。

それにしても、美沙子がキャッチ四人組に加わったことで、橋本にとって、この先、彼女と会えば会うほど、話せば話すほど、以前と同じ苦境に追いつめられそうで、それが一番の悩みになろう。しからば、清く正しく美しく生き抜こうとする人生行路は、決して平坦で真っすぐな道とは限らないことも知るべきであろう。でこぼこ道や、ぬかるんだ道、曲がりくねった道を歩むこともあろう。それと同じように、川にも深淵や早瀬もあるのだから、流れに委ねるしかなかろう。そんな道や川の行く手に逆らってまでして、美沙子が好きというだけの理由で、逢瀬を求めてはいけないのに、相も変わらず、諦めきれずに悩み続けている橋本は、全くして、優柔不断で情けない。今更、どうにもならないのに……。

このように、美沙子を奪えない愛で、心に悩みを抱えた橋本を知ってか知らでか、小林が一句、放った。

「女房に　離婚覚悟で　意見する！」

「ロボさんを揶揄《やゆ》するのはやめなさい！　季語が入っていないだけでなく、この場にいるママさんにも失礼に当たりますよ。親しき仲にも礼儀ありです！」

杉田は小林に忠言した。

「ご免、ご免。どうもすいません」

無礼な一句を放った小林は、橋本と美沙子に頭を下げてわびた。

それに対して橋本は、

「トラさんのことです。何も気にしていませんよ」

と寛容であった。美沙子のほうも、

「全然、平気ですよ」

と言った。

小林は、二人の慈悲深い返事を受けて少し安心したようだが、やはり、失言による気まずさが残っていたせいか、

「ロボさん！　日本一周の目的地は、どこにするのですか？」

と旅の行先を問うて話題を変えようとした。

そこで、橋本は、

「今回の旅は、どこへ行くのかではありません。自然の恵みや、人との触れ合いを通じながら、自分を見つめ直して、より成長するのが、本来の目的です。それには、日本各地の山や海や温泉のあるところを自由に巡って、『真《まこと》の人生』を追求する旅になります。お坊

さんが修行《しゅぎょう》する巡礼と同じようなものかも知れません。ですから、事前に旅の目的地や日数などを決める必要はありません。また、テレビやラジオの視聴も度外視して旅を続けたいと思います。なぜなら、マスメディアの報道は、悲惨な事故や重苦《おもくる》しい事件のニュースばかりですので、私たちが目指す崇高なチャレンジ精神に悪影響を及ぼしかねません。ですから、ニュースソースを遮断して、力の抜いた旅に心掛けたいと思っております」

「それは、いい考えです。ラジオやテレビの無い時代にタイムスリップさせて、日本の世界遺産やジオパークなどを、じっくり見学しましょう。これからの旅が楽しみですね」

杉田は旅の魅力に期待を膨らませて言うと、小林も、

「杉さんの言うとおりです。日本には、素晴らしい名所旧跡が、たくさんあります。それで、ロボさんに一つお願いがあります。北海道に行ったときには、私の古里を目的地に加えてください。父の仕事の関係で、小学校を卒業するまでしか北海道には住んでいませんでしたが、古里には強い思い入れがあります。そのころの私は、昔ながらの日本家屋で、囲炉裏《いろり》を囲み家族団らんで暮らしていました。今は、長男夫婦が住んでいるだけですが、この年になっても、昔の情景が目に浮かび、郷愁に駆られます。近くにはロボさんの大好きな温泉もありますし、自然の美しいところもたくさんあります。その古里には、母の葬儀に行ったきりですから、かれこれ十五年以上も足を運んでいません。ぜひ、お願いしま

す」

小林は、かつての古里へのノスタルジアを感じているようだ。それを真摯《しんし》に受け止めた橋本が、

「トラさん！　『古里は遠きにありて思うもの』ですね。幾つになっても古里はいいものです。トラさんが懐かしく思っている古里には必ず行きますよ。安心してください。本当は、奥さんと子供さんもご一緒だと一番いいのですが、今回の旅は、そうはいきませんので、旅が終わって自宅に戻ったときに、その美しい情景や人々の暮らしぶりなどを、ご家族に話してやってください」

橋本の思いやりに満ちた受け答えがあった。

続いて杉田が橋本に、こう尋ねた。

「ロボさん！　泊まるところは、どんな風に考えているのですか？」

「宿泊場所に縛られて旅するのは嫌《いや》ですから、当日、旅館に申し込みをしてみて、そこに宿泊できれば、それに越したことはありません。もしも、旅館側の都合で宿泊できなかったにしても、全国には一千カ所以上もある『道の駅』や、多くの公園がありますから、そこで車中泊すればいいのです。私は楽観的に考えていますよ」

と橋本が答えた。

「たまには、野宿して、『満天』の星空の下《もと》で、『満天』のママさんを思い浮かべながら寝てみるのもいいでしょうね。そんな野宿は、『百点満点』で喜べますよ」

杉田は生前中の上田を真似たのか、平気な顔で駄洒落を放った。

「まぁ！　杉さん。ロマンチックなことをおっしゃるのですね」

美沙子は、杉田の意外な一面に驚きつつ、お世辞を言った。

今度は小林が、

「そのときの野宿のために、自分の枕を持参しますよ」

早くも杉田と小林は、日本一周の旅が決まったことで、子供のように有頂天になっていた。

そして、杉田は言った。

「ロボさん。やはり、おおよその旅行計画は必要だと思いますけど？」

「それについては、まだ私案の段階ですが、桜の咲く季節に出掛けたいと思います。地元の名古屋から出発して、紀伊半島を回って、神戸付近で瀬戸内海沿いを南下します。次に九州を一周してから、本州の日本海沿いを北上します。そのあと北海道を一周してから、今度は本州の太平洋沿いを南下して名古屋に到着するルートを考えています」

「それは素晴らしいコース計画ですね」

杉田は感心した。

「でも、四国と沖縄が抜けていますけど?」

と小林が橋本に指摘した。

「それは行った先々で、その都度、三人で話し合いながら目的地を決めたいと考えています」

橋本は小林に、そう答えた。

「ママさん、我々は来年の春から三カ月ほど留守にしますよ」

今度は、杉田が日本一周の旅に夢を膨らませながら、美沙子に伝えた。

「皆さんと一緒に行けなくて、ごめんなさい。でも、お帰りになったときには、旅の感想をお聞かせてくださいね」

「もちろん、満天さんで報告会を行いますよ」

杉田は美沙子に約束した。

「日本の最北端の稚内《わっかない》市から、お土産《みやげ》を送りますよ」

と橋本も美沙子に約束した。

「それは楽しみですわ。でも、ロボさんたちが三カ月もいなくなったら、とても寂しくなりますけど、いい思い出が、いっぱい詰まる旅になりますよう祈っていますよ」

美沙子は、橋本を優しく見つめながら励ました。

ここで小林が言った。

「あの世には、お金《かね》や物は持っていけません。持っていけるのは、思い出だけです。よ～し行くぞ！　七十歳よ、万歳！　団塊世代よ、万歳！　イエーイ！」

小林は日本一周の旅に喜び勇んで歓声を上げた。

同じく杉田も、期待を膨らませて、

「良き人生は待っていても、やってきません！　自分で積極的につくるものです。その精神を大切にして旅を続けましょう！」

そして、橋本も、

「チャレンジしなければ生ける屍《しかばね》と同じです。七十歳からでも遅くはありません！　日本一周の旅で、華《はな》ある人生をつかみ取りましょう！」

◇

――もうすぐ、キャッチ四人組の三人に、新たな人生がやってくる。乞うご期待――

最後に、この本の筆者が言った。

『これで、橋本政雄の自分史は完結となりました』
『あれ！　これは自分史なのですか？』
読者が聞いた。
『いいえ、小説です』
『でも、今、自分史と言いましたよ』
『はい、小説の中の自分史です』
『どちらが本当なのですか？』
『読んでみて分かったでしょ。華《はな》の七十歳という小説ですよ……』
『……』

〈完〉

《著者プロフィール》

すぎやま博昭、本名、杉山博昭は、一九四七年に静岡市で生まれた団塊世代である。現在、愛知県一宮市に在住している。

筆者は、幼くして法定伝染病の「疫痢《えきり》」で隔離病棟に入院したことがある。また、四十代のときには「心臓手術」もしている。なおも、死亡率の高い「敗血症」で長期入院したこともあり、これまで生命が危ぶまれる大病を何度も経験している。それらの出来事を強気になって言うと、「たったこれだけのこと」である。その筆者も、この二〇一七年で、丁度七十歳になった。ただし、人間には七十歳になったからといって、できることと、できないことがある。それに加え、確たる信念で、人生にチャレンジしている人も少ない。この小説は、ほかの団塊世代たちに一石を投じたくて執筆したものである。

華《はな》の七十歳

2019年8月5日　第1刷発行
著　者　すぎやま博昭
発行人　大杉　剛
発行所　株式会社 風詠社
〒553-0001　大阪市福島区海老江 5-2-2
大拓ビル 5 - 7 階
TEL 06（6136）8657　http://fueisha.com/
発売元　株式会社 星雲社
〒112-0005　東京都文京区水道 1-3-30
TEL 03（3868）3275
印刷・製本　シナノ印刷株式会社

ISBN978-4-434-26339-2 C0093